GOBOOKS & SITAK GROUP©

GOBOOKS
& SITAK
GROUP©

三日月書版

三日月書版

副教授
高槻彰良的推測
たかつきあきら
怪異居於縫隙之中
2
澤村御影
LN011
三日月書版

目錄

Contents

第一章　學校裡有鬼

「各位在大學學習的內容，跟截至高中為止的課程有著根本上的差異。」

——這是深町尚哉考上青和大學後，在開學典禮聽到的一句話。

他已經不記得這句話是出自校長、學院院長，還是某位來賓之口，但不知為何，在所有典禮致詞中，唯獨這句話讓他記憶猶新。

「各位同學至今接受的教育，是將老師照著課本教授的內容加以理解，再用考試衡量理解到什麼程度。說穿了，截至高中為止的課程都是為了『學會如何解答試題』——但如今各位同學已經跨過了升學考試這一大測驗，你們必須在大學這個殿堂學會截然不同的學習方法。從今以後，你們不能只想著解決老師提出的問題，而是要自己找出問題，尋求解決方法，最後導出結論。往後你們要探究的，是『學問』二字。」

學問。

老實說，聽了這番話，尚哉還是一頭霧水。相信絕大多數的新生也是如此。

那個人在講臺上掃視禮堂中排排坐的新生們，用沉穩的嗓音繼續說道：

「大學是靠自己學習成長的地方。所以哪怕只有一個也好，請找到自己感興趣的事物，無論是什麼都好，請找出讓你充滿好奇、覺得有趣的事物。讓你們勾起興趣的那件事，必定會將你們引領至『學問』的世界。這個世界浩瀚無比，你們可以自由學習，找到全新的地平線。」

尚哉當時只覺得，說得也太誇張了吧。

但他確實也認為這是一件好事。

往後的學習方式再也不是將課本或參考書死背下來了。大學就是這般自由，可以盡情學習自己喜歡的事物——思及此，他的心情就忍不住愉悅起來。

但問題是，自己究竟能不能找到這樣的事物呢？

而且，他們的選擇到底有多自由？畢竟怎麼說可是「學問」，如果不是足夠優秀的內容，應該不能在大學學到吧。必須得是正規、具有學術性，且人人都認可的事物才行。

……尚哉當時是這麼想的。

「好，今天要談的是『廁所怪談』！」

尚哉隔著眼鏡，用一言難盡的心情看那位站在講臺上，口沫橫飛地說起這種事的男人。

他叫高槻彰良，是這間青和大學的副教授。

專攻是民俗學。這堂週三第三節課的「民俗學Ⅱ」，雖是文學院的基礎課程，卻也有其他學院的學生來修，非常受歡迎。儘管從四月開課後經過了半年，直至現在十月，大型的階梯教室幾乎座無虛席。

話雖如此，很大一部分也是因為他的長相。他是個十分俊俏的男人。能被窗外光線透過的棕色調髮絲，可愛端正的五官，被作工精細的三件式西裝包裹的修長身材，簡直像極了模特兒或演員。而且又很年輕，雖然實際年齡約三十五歲，明明不是娃娃臉，看起來卻像二十幾歲。拜此所賜，前排座位全都坐滿了女學生。

但如此帥氣的男人，說的卻是跟飄散著異味的地點有關的怪談。

「今天的課程是〈介紹篇〉，下一次是〈解說篇〉，所以今天想盡可能地向各位介紹各式各樣的廁所怪談！其實跟廁所有關的怪談多不勝數，知名的有『紅色半纏』、『紅紙藍紙』、『從馬桶伸出的手』、『窺視的臉』，還有『廁所裡的花子』。待會會把彙整這些故事的講義發下去，但我猜大家應該都聽說過了。從廁所還是旱廁的時代，話雖如此，我也沒經歷過那種時代就是了，但從當時陰暗、惡臭和骯髒的印象中孕育而出的怪談溫床，就算換成現代的水洗式廁所也無法沖刷殆盡。如今，廁所依舊是妖怪的棲息之地。」

高槻這麼說，並將一疊講義交給坐在最前排的學生。學生們拿了自己的講義，再依序傳給後面的同學，有人低聲竊笑，有人跟隔壁的同學面面相覷。因為講義上的資料，都是從兒童讀物的怪談故事集或神怪雜誌摘錄下來的。

高槻在「民俗學Ⅱ」教授的全都是這種內容。槌之子、裂嘴女、計程車怪談和神隱，都是高槻的研究對象，所以尚哉才覺得「學問」囊括的範疇真是大到不可思議。在開學典禮上聽到的那席話果然沒錯。

不過，雖然涉及的題材千奇百怪，課程本身內容卻是正經八百。這堂課的目的是「從學校怪談或都市傳說，廣泛接觸民俗學這門學問」，或許也可以稱作「現代民俗學」吧。

「最後一排的同學也拿到講義了嗎？那我們依序往下看吧——最上面舉出的『紅色半纏』和『紅紙藍紙』，雖然主旨不同，卻算得上是共通點相當多的兩則怪談。共通點①，一進廁所就會聽見某處傳來聲響。『要不要穿紅色半纏？』、『要紅色紙嗎？要藍色紙嗎？』。共通點②，會依據回答內容引發後續事件。在『紅色半纏』中，如果回答『既然問了，我就穿穿看』就會全身出血而死，噴濺的血液會在牆上形成紅色斑點。在『紅紙藍紙』中，如果回答紅色就會全身出血而死，回答藍色就會被抽光身上的血，變得渾身發青，臉也會因為窒息死亡呈現蒼白色。這兩則怪談都有許多類似的故事，『紅色半纏』就有羽織或斗篷的版本，『紅紙藍紙』還有白紙或黃紙等其他顏色登場的版本，有些版本選了某種顏色還能逃過一劫。此外，更有『紅斗篷、藍斗篷』這種融合兩則怪談的版本。關於『紅斗篷、藍斗篷』在昭和十年左右就有記載了，或許『紅色半纏』和『紅紙藍紙』就是從這個故事拆分衍生而來。」

高槻拿著粉筆，在黑板上流暢地寫下這些類似故事的標題。

高槻講課的嗓音十分輕柔，即使隔著麥克風，也帶著一絲輕暖悅耳的感受。而且，他總是說得不亦樂乎在其他課堂總會打瞌睡或不停玩手機的學生，到了高槻這堂課幾乎都會認真聽講。看來「民俗學Ⅱ」的魅力，並不侷限於高槻的外表或題材的多樣性。

聽高槻上課就是一種樂趣所在。

「順帶一提，『紅色半纏』的標題之所以使用平假名，是因為衣物『半纏』和噴濺血液形成的『斑點』讀音相同。由於『紅色半纏』的故事結構很完整，始於學校廁所的怪談，後續引發不明聲響是否由壞人所為的疑慮，甚至找來警察這種外部組織，最後以女警犧牲作結。既包含文字遊戲的要素，出動警察也增添了幾分真實性，這種完整度已經不能歸類為普通怪談了。在進廁所就會慘遭殺害這種題材中，我認為這個故事算是相當完整，畢竟故事就是在口耳相傳中慢慢成長的。」

高槻在「紅色半纏」的板書上畫了一朵小花，並將沾在指頭上的粉筆灰拍掉，再次轉身看向教室裡的學生。

他用手指著黑板上寫的怪談標題說：

「對了，這幾則故事還有其他算得上共通點的要素，大家覺得是什麼呢？」

被這麼一問，學生們再次看向黑板上的文字，疑惑地歪著頭。

紅色半纏、紅色羽織、紅紙藍紙、紅紙藍紙白紙黃紙、紅斗篷藍斗篷，每一則都是曾經聽過或讀過的故事。但再次被問及共通點——

尚哉靈機一動。

幾乎在同一時間，教室裡也有幾個學生舉起手。

「好，就請那位同學回答吧。這幾則故事的共通點是什麼？」

高槻指著坐在前方數來第三排的女學生。

「那個，顏色都是這些故事的重要元素……嗎？」

或許是被指著有些緊張，女學生回答得戰戰兢兢。

高槻對她微微一笑，點點頭。

「對，完全正確！這些故事的關鍵字就是顏色，其中一定會被用到的就是『紅色』。」

沒錯，每一則故事都會出現紅色。可能是因為紅色會讓人聯想到血液，才會經常使用在怪談當中吧。

「所以共通點③，顏色，尤其『紅色』是最重要的主旨。其實有一派學說認為，這些怪談誕生的契機來自於女性的初經。血液是紅色，地點又在廁所。對女性而言，初經是非常重大的體驗，而這些怪談流傳的性別群體通常是女孩子多於男孩子。因此要解釋為何廁所怪談中經常見血時，可說是無法忽視的一項要素——還有人發現其他的共通點嗎？來，這位同學。」

高槻指向教室中間一位舉著手的男學生。

「呃，這答案可能不太對，不過……這些全都是學校的怪談吧？」

男學生有點沒自信地說。

高槻再度面露微笑。

「答對了，你有發現重點呢！沒錯，共通點④，這些怪談的主要流傳地點都是學校，尤其在中小學更是明顯。談到學校為故事舞臺這一點，『從馬桶伸出的手』、『窺視的臉』、『廁所裡的花子』也是如此──不只是怪談，舉凡這種類型的傳聞，都經常被學者歸類為『民間故事』，但在研究這些題材時，考量故事流傳的地點和群體等是非常重要的。不論是怪談誕生的背景，還是成長的過程，都會對流傳的地點和群體帶來很大的影響。」

學生們將高槻說的這些話，寫在筆記本或講義的空白處。

這堂課起初只是列舉了幾個兒童怪談故事，後來竟真的將其落實為一門「學問」。高槻還指導學生們碰上感興趣的事物時，應該著重哪個面向，用何種方式推進思考。

「學校，尤其是小學，常常被設定為怪談的舞臺。日後會再把『學校怪談』這個主題拉出來討論，但其中有那麼多怪談跟廁所有關，我認為主要是廁所具備的『非日常性』。學校這個地方基本上人很多，教室裡也是好幾十個學生在一起，但每個人進入廁所的隔間後，就會變成一個人。而且廁所通常都位在校舍角落，在廁所待的時間也比其他地方還要少。」

高槻繼續說道：

「所謂怪異，就是與日常脫軌的現象。既然教室當中是日常，那廁所就是脫離日常的地點。於是怪異便從中而生，棲息於此。」

「我在研究的就是這些現象」——說完，高槻又發自內心地笑了起來。

看來在開學典禮上聽到的那些話一點也沒錯。

只要本人願意將學問追根究柢，那就是自由的。

學問是自由的。

高槻的課結束後，尚哉打算跟其他學生一樣準備起身時，放在口袋裡的手機震動起來。

拿起手機一看，發現是高槻傳了訊息過來。

我要跟你談談打工的事，沒事的話就來研究室一趟。

他轉頭看向講臺，發現擦完黑板的高槻看著他揮揮手，還帶著燦爛無比的微笑。

看來是接到非常喜歡的委託內容了。

尚哉當場回了「**我去一下生協**[1]**再過去**」，就離開教室。走出校舍後，他往大學

1 生活協同組合，類似合作社。

生協所在的建築物走去。

所謂的打工，是尚哉從今年六月左右開始承接高槻指派的不定期工作，但將其稱為「工作」是否妥當，其實尚哉也有些懷疑。

高槻開設了「鄰家奇談」這個網站，將過往收集到的都市傳說故事及分類加以統整，不過偶爾也會有人將遭遇到的奇妙事件投稿到這個網站，委託高槻替他們解開怪異之謎。

因為某種原因，尚哉會以助手身分與高槻一同調查怪異事件。雖然用了「怪異事件」一詞，但實際調查後，幾乎都是人類在搞鬼。

儘管如此，只要收到委託，高槻就會喜孜孜地前往調查。

因為他覺得可能會碰上真正的怪異事件。

因為高槻知道，沒人能斷言這個世界不存在真正的怪異事件。

而且——尚哉也有同感。

大學生協裡擠滿了人。在這裡可以用比其他店家便宜些許的價格，買到食品、日用品、文具和書籍等等，是學生的超強靠山。尚哉拿著裝有活頁紙的袋子，排隊等待結帳。

這時，正前方的男學生拿出手機，似乎有一通來電。

「……啊啊，美紗？……嗯。呃，昨晚真不好意思……咦，現在嗎？啊……不，我還在家裡。」

將手機壓在耳邊說話的男同學，聲音忽然扭曲變形。

「不行啦，待會就要去打工了……嗯。啊～最近打工排得很滿，可能暫時沒辦法見面了。抱歉，下次再打給妳。」

他的嗓音忽高忽低，像是被機械或特效調整過似的。尚哉背脊竄過一股類似寒意的不適感，不禁摀住耳朵皺起臉來。

鄰近的其他學生疑惑地看了過來。尚哉從包包裡拿出音樂播放器的耳機塞進雙耳，按下播放鍵。流入耳中的音樂掩蓋了前方學生的聲音，尚哉才終於輕嘆一口氣。

前面的學生還在講話。說話對象可能是他想分手的戀人吧，說出口的每一句都是謊話。尚哉心情煩悶地盯著那個學生的後背。

尚哉的耳朵可以聽出人類說出口的謊言。

這種能力真的麻煩透頂，遺憾的是，人類偏偏是謊話連篇的生物。所以對尚哉來說，這個世界充斥著歪曲變形的刺耳聲音。攜帶式音樂播放器成了他的必需品。長時間聽這種聲音，確實會令人煩躁不適。

尚哉只有在結帳時暫停播放器，隨後又聽著播放器傳來的音樂走出生協。他穿過校園中庭，這次的目的地是研究室大樓。

這個時間的中庭有不少人。除了單純路過的人之外，熱舞社的人正踩著舞步練習，戲劇社的人則拉著路人進行即興演出。街頭表演研究會的人丟出的雜技用球在空中飛舞，還撒出五彩斑斕的紙屑，彷彿落英繽紛。四處都充滿熱鬧和活力的氣息，每天都像祭典般歡騰。

但像這樣用耳機塞住耳朵，隔著眼鏡鏡片看到的校園景色，卻有點像電影銀幕上的投影，明明就近在眼前，尚哉卻有種與自己相距甚遠的感受。他獨自一人穿過這場喧囂，彷彿只有他的周遭包覆著一道薄膜。

『你會變得孤苦無依。』

尚哉的耳朵變成這樣時，有人對他說了這句話。

能夠聽出謊言的人，會變得孤苦無依。

這句話說得沒錯，一路走來，尚哉總是避免與他人扯上關係。升上大學後，他不加入社團，也刻意不結交親密好友。

可是——自從遇見高槻後，情況就出現了些許變化。

他會像這樣出入高槻的研究室。

尚哉來到研究室大樓的三樓。確認過貼在門上的304門牌和下方的「文學院歷史系民俗考古學專科　高槻彰良」後，他才摘下耳機。

「叩叩」地敲了幾下門後，房裡傳來「請進」的回答。

尚哉打開房門。

「歡迎，深町同學。你要喝咖啡吧？稍等一下。」

在中間的大桌子打開筆電的高槻這麼說並站起身。尚哉對那充滿透明感到不可思議的聲音感到安心，並在折疊椅坐了下來。

高槻研究室的三面牆都放了書櫃，每次來都能聞到類似舊書店的氣味。在看似老舊的線裝書及厚實的研究書籍中，還夾雜著幾本次文化類型的都市傳說書籍和MU月刊等書，很有高槻的風格。雖然偶爾會有研究生睡在地板上，但今天似乎只有高槻一個人在。

高槻在房間盡頭窗邊的小桌子前準備飲料。放在桌上的咖啡機和熱水壺似乎可以隨意使用，但尚哉畢竟不是這間研究室的一員，所以還是被當成「客人」，每次都是由高槻幫他倒咖啡。話雖如此，最近他開始用自己帶來的杯子了。

沒錯，尚哉很常來這間研究室，甚至放了自己帶來的杯子。

「那這次是什麼委託？」

高槻拿著放有兩個馬克杯的托盤走了回來，尚哉對他這麼問。

高槻將狗狗圖案的馬克杯放在尚哉面前，面帶微笑地說：

「是我非常感興趣的事件，而且恰巧跟今天的課程內容很接近。」

「所以是廁所怪談嗎？」

「倒也不是啦，是學校怪談——深町同學，你還記得智樹嗎？」

「智樹？」

「上個月住在調布的女高中生夏奈，找我們商量朋友遭到神隱的事件對吧？就是當時在公園打聽消息時遇見的小學五年級男孩，大河原智樹！這次是來自他的委託。」

經他這麼一說，尚哉才回想起來。

高槻去當地調查時，基本上都會找附近的居民問話，當時他們也到處打聽案發現場那棟廢屋的消息。其中確實有個小學男孩，似乎很喜歡高槻。

「是很像孩子王的那個小孩吧？好像還跟老師說『我可以收你當小弟』……咦？難道你真的變成他的小弟了？」

「沒有啦，但我當時遞了名片給他，跟他說『以後聽到什麼不可思議的故事，或是非比尋常的體驗，一定要告訴我』。結果昨天就接到電話了。」

高槻在尚哉身旁的椅子入座，將自己的藍色馬克杯拿到嘴邊這麼說。

尚哉杯子裡裝的是咖啡，高槻杯子裡裝的是熱可可，今天甚至還漂浮著貓咪肉球形狀的可愛棉花糖。尚哉每次都覺得這人總喝這種甜到不行的東西真的好嗎，但高槻的說法是「大腦的養分來自於葡萄糖，所以就該攝取甜食」。

「聽說智樹就讀的調布市立第四小學，最近出現了新的怪談，名為『五年二班置物櫃』。順帶一提，智樹本身是五年三班，所以應該是隔壁班發生的事件。」

「你說置物櫃，是放掃具或書包的置物櫃嗎？」

「對，這次好像是放掃具的那種。」

智樹所描述的那個怪談的內容如下：

「五年二班的置物櫃被詛咒了。

班上的女同學放學後在玩錢仙，結果錢仙不肯回去，直接在置物櫃住了下來。

所以，明明沒人去碰，置物櫃也會自己開門。

如果在門打開時不小心靠近，就會被拉進置物櫃裡，帶到另一個世界。」

孩子們對這個怪談極度恐懼，有時候甚至沒辦法上課。家長會當中也有人提出是否要找人來驅靈，引發了一些騷動。

在這場騷動中，智樹想起了高槻。他把高槻的名片拿給五年二班的班導看，還建議「這個人應該有辦法解決」。

「我的名片上印有『鄰家奇談』的網址，老師們看了網站後，似乎也額外調查了我的經歷等等。網站的服務信箱也收到五年二班班導寄來的信，好像變成由校方提出的正式委託……我猜校方的判斷是，與其找人驅靈，請大學老師來解決才不會鬧出風波吧。」

高槻苦笑著說。

「平常小學是嚴格禁止外部人士進出的。就算說是為了研究調查，也會碰上對兒童帶來不良影響等疑慮，通常就只能做點問卷調查而已。但這次是對方提出的委託，能大大方方、光明正大地調查。『學校怪談』可是民間故事研究的經典題材，這是個千載難逢的大好機會。」

但這也表示，這件事已經給校方帶來極大的困擾，甚至不得不允許外部人士進入。

尚哉喝著咖啡，疑惑地歪著頭問：

「不過，這只是普通的怪談吧？為什麼事情會鬧得這麼大啊。」

「深町同學，不能小看鬼故事對孩子的影響啊。你小時候也會因為聽了鬼故事，晚上睡不著覺，或是不敢去上廁所吧？」

「……這倒是。」

被這麼一說，尚哉的語氣變得含糊。他想起小時候在朋友家看了《半夜鬼上床》這部恐怖片，劇情是一入睡就會被滿臉疤痕和刀爪的怪人虐殺，所以後續有一段時間怕到晚上完全不敢睡覺。現在回想起來的確很蠢，但當時他幾乎真的相信睡著後就會慘遭殺害。

「畢竟連大人都覺得鬼故事恐怖了，更何況是小學生，他們正值分不清現實與虛構的時期。這種故事可以增進想像力和感受性，所以原本也不是壞事……但在人類的感情中，恐懼的占比尤其明顯。要是恐懼過度，也會出現過度呼吸或痙攣、無法動彈等症狀。說穿了，『五年二班置物櫃』這個怪談的肇因是錢仙吧。其實錢仙類型的遊戲過去也出過不少問題，有些還曾經鬧上新聞版面。」

高槻輕輕舔了一口開始融化的棉花糖，滿意地瞇著雙眼這麼說。

尚哉還記得小學時期，女孩之間確實很流行玩錢仙。西斜的夕陽灑入放學後的教室，輕聲談笑著將手指放在十圓硬幣上的女孩們，看起來就像在進行某種祕密儀式。

「我之前好像在哪裡看過錢仙的介紹，簡單來說是一種降靈術吧？書上寫因為招來的是低級的動物靈，所以不太好。」

「是呀，日文漢字大多會寫成『狐狗狸』。過去有很多說法都指出招來的是狐靈，但最近似乎不受此限了。」

高槻在置於桌上的資料背面寫下漢字給尚哉看，感覺越來越像課程的延續。

「錢仙是明治時代就存在的占卜，起源似乎是西洋的旋桌術或通靈板。旋桌術是所有人圍在圓桌旁，將手放上桌面，唱誦呼喚神靈的咒文後，以搖晃的桌腳敲擊地面的次數進行占卜。在日本似乎是用三根竹子排成三腳狀，再放上蓋了布的托盤代替桌子，以傾斜的角度來占卜。日本哲學家井上圓了看用於占卜的這個裝置一晃一晃的，很像人在打盹的模樣，便將其命名為『盹仙』，隨後就傳遍全國。『狐狗狸』的漢字是後來才加上去的。」

「我印象中的錢仙，是在紙上畫了鳥居或五十音的那種遊戲耶？」

「那種遊戲的起源是通靈板，現代的錢仙普遍是這種形式。聽說以前是用竹筷來玩，但現在用的是十圓硬幣。另外還有『天使』等各式各樣的類似型態，一九七〇年代前半在全國中小學生之間掀起一股風潮，我小時候也很流行。」

「為什麼這種遊戲會流行起來呢？請來的是神明也就算了，聽信狐靈的話有什麼用啊？」

「對孩子們來說，不管是狐狸或神明，都被歸類在『某種靈體』這個概念中。一般人對降靈術多少有點恐懼，雖然心底明白『不該做這種事』，卻又能體會到打破禁忌的快感吧。所謂的錢仙，就是結合純粹占卜術和禁忌降靈術的一種特殊遊戲。」

這麼說來，在尚哉的小學流行錢仙的時候，也有幾個孩子非常害怕這種遊戲。記得校方甚至還因此發布了「錢仙禁止令」。

儘管如此，有一段時間，某些女孩還是持續在玩錢仙。

她們應該很難抗拒錢仙具備的神祕性吧。這些來路不明的神靈，會回答她們心儀的男孩子喜歡誰。對熱愛占卜的人來說，或許沒有比這更令人興奮的遊戲了。

「不過，這終究還是禁忌的遊戲。」

高槻這麼說。

「被錢仙預言死亡之後大受打擊，或是錢仙不肯回去而不堪其擾的狀況層出不窮。雖然這是八〇年代報紙刊登的事件，但有個女學生在上課途中忽然昏倒。班導將她抱起來時，她明明渾身無力，唯獨右手僵硬無比。儘管把她送到保健室床上躺好，為她按摩手臂，她卻說不出話來了。同班的女學生異口同聲地說『她被仙靈附身了』，那間學校似乎很流行跟錢仙類似的『仙靈』遊戲。除此之外，也有很多被錢仙或天使附身的案例。」

「可是這就跟老師剛才說的一樣，只是單純的痙攣症狀而已啊？這只是把當時流行的錢仙或仙靈遊戲加以聯想，再安上一個理由——解釋為『一切都因錢仙而起』吧。」

所謂的怪異現象，必須要有「現象」和「解釋」兩種元素才能成立

這是高槻常說的話。

人類對無法解釋的事態感到恐懼。出現莫名其妙的現象時，人類會害怕停留在未知的階段。

所以人類會加上某些說明，進行解釋。

親眼看到朋友忽然變得不太正常，確實是很恐怖的事。為了解決這份恐懼，就迫切需要解釋這個「現象」的「理由」，所以那些孩子把一切歸因於「仙靈」。全都是仙靈造成的，這種異常現象就有了正當的理由——哪怕這個解釋已經涉及到超自然領

域，也比渾然不知要好得多。

「是啊，或許真是如此。智樹的小學如今發生的狀況，最終可能也是這種感覺。」

高槻點頭同意尚哉的說法，又喝了一口熱可可。甜美的香氣輕輕地飄到尚哉的鼻尖，於是尚哉也將自己的咖啡送到嘴邊。咖啡和熱可可的香味，緩緩融入研究室瀰漫的淡淡舊書氣味中。對尚哉來說，這可以算是高槻研究室的味道，讓人莫名放鬆。

「先不管五年二班實際上發生什麼，智樹的學校現在應該出現了集體歇斯底里的狀態，畢竟恐懼是會傳染的。在教室這種封閉空間中，只要有幾個孩子表現出極端的恐懼，其他孩子可能轉眼間也會變成同樣的狀態。這樣當然連課也上不了了。」

高槻繼續說道：

「所以我認為應該盡早過去調查，五年二班的班導也希望我們能盡快前往。而且——說不定五年二班的置物櫃真的被妖怪附身了呢？那我一刻都不想多等了，現在就想要去看那個置物櫃，還一定要把門打開看看！」

「……要是被帶去另一個世界，我可不管喔。」

看到高槻眼中閃爍著雀躍的光芒，尚哉有些無奈地說。前面鋪陳這麼多，到頭來他心裡想的還是這一樁。

高槻總是在追求真正的怪異現象，所以只要接到怪異事件的調查委託，都會先期待這次是真的。

「總而言之，我想直接跟玩錢仙的那些孩子們聊聊！畢竟只憑現有的資訊，沒辦法得知錢仙和置物櫃的因果關係。那些孩子玩錢仙的時候，一定有目擊到跟置物櫃有關的某種神祕現象。啊啊，真是期待，到底發生了什麼事呢！好想趕快知道喔！」

這種時候，高槻是真的很開心。明明剛才說話還充滿為人師表的風範，現在的表情卻像隻面對喜歡的玩具的狗。

尚哉將視線移向自己的馬克杯，印在杯子上的圖案是隻黃金獵犬。因為跟以前老家養的狗里歐很像，尚哉才買下這個杯子，但最近卻覺得這個圖案越來越像高槻的臉。看到感興趣的事物就汪汪叫準備往前衝的感覺，簡直一模一樣。

校方希望兩人來訪的時機是小學沒上課的週六。跟寄信過來的五年二班班導交涉後，高槻和尚哉決定在本週六的中午前往小學。

得知高槻想跟玩錢仙的孩子當面聊聊時，校方一開始不太情願，但高槻更進一步要求「這是為了釐清當時的狀況」後，才總算得到校方的首肯。參與者是三名女孩子。

從以前也來過的調布車站前轉乘公車，在校方指示的公車站下車後，小學就近在眼前。操場另一頭能看見一棟三層樓的白色校舍，校門口則站著一名年輕女性及一名男孩。尚哉也對那個男孩有印象，就是一臉高傲、身材高大，充滿孩子王氣勢的大河原智樹。

一看到高槻走下公車，智樹就在原地用力揮舞雙手。

「喂～！阿彰～！你總算來啦～！」

「智樹～！最近還好嗎～？」

高槻也對大聲呼喚的智樹揮手致意。尚哉心想居然喊他阿彰，但高槻似乎沒放在心上。難怪智樹會說要收他當小弟。

高槻和尚哉來到校門前，智樹身旁的女性就對高槻低下頭。

「那、那個！我是前些日子寄信過去的五年二班班導，平原真梨華！今天要勞煩兩位了！」

鮑伯短髮配上一身背心裙，是個嬌小可愛的女性，看上去非常年輕，甚至說是學生也不為過。可能擔任教師的資歷還很淺吧。

「只讓真梨華老師一個人來總覺得不太放心。雖然我是隔壁班的，但還是來助陣了！」

智樹在真梨華老師身邊傲慢地擺起架子，被稱作「真梨華老師」的她也不禁苦笑。光從這些表現就能看出她與孩子們的關係如何。因為年紀很輕，與其說是老師，孩子們應該更覺得是朋友，但一定對她心生仰慕。

「您好，初次見面，我是青和大學的高槻。今天才要勞煩您幫忙呢。」

高槻將名片遞給真梨華老師時，智樹一臉狐疑地抬頭看著尚哉。

「欸欸，阿彰！這個眼鏡小哥是誰啊？你的小弟嗎？」

「啊啊，深町同學是我的助手，他會幫我很多忙。」

「哦～……感覺很不起眼耶。」

「大、大河原同學！」

聽到智樹對尚哉的這番感想，真梨華老師連忙訓了他一句。

尚哉已經習慣被人當成不起眼的眼鏡仔了，所以對她輕輕點頭示意，表示自己不介意。尚哉先前也跟智樹打過照面，智樹卻對他毫無印象，可見是因為太不起眼，跟背景融為一體了吧。

總之他們決定先到教職員室一趟，便走向教職員的專用出入口。高槻和尚哉換上訪客用的拖鞋步入校舍，智樹則繞到自己鞋櫃所在的出入口，換上室內鞋再走回來。

或許是週六的關係，教職員室只有幾位教職員的身影。真梨華老師將高槻及尚哉帶進來後，一名戴眼鏡的中年男老師就站了起來。他有一頭灰髮，大大的鷹勾鼻，眉間充滿皺紋，莫名給人一種陰沉的感覺。

「平原老師，這兩位就是……？」

「是的，這位是高槻老師！」

真梨華老師回答時還立正站好，就像課堂上被老師點名的學生。

男老師一臉無奈地走向前，對高槻低下頭說：

「幸會，我是學年主任原田。感謝二位百忙之中抽空前來。」

「敝姓高槻，是青和大學的副教授，請多指教。」

高槻也將名片遞給原田。

原田來回看了看名片和高槻的臉，又往高槻身上的西裝一瞥，便將自己穿的那件手肘處有破損的針織毛衣拉了拉，露出不自然的虛假笑容。

「先前已經從網路上的照片見過您的長相，但您真的很年輕呢……年紀輕輕就當上副教授，想必一定非常優秀。」

「別這麼說，我這種人只是運氣好而已。」

高槻笑盈盈地這麼說，原田就客套地回了一句「您太謙虛了」。

雖然嘴上稱讚連連，但原田看著高槻的眼神充滿懷疑，可能不太相信找大學老師來就能解決問題吧。但他的心情確實不難理解。

原田刻意地嘆了一口氣，接著說道：

「這次的事件真的相當棘手。原以為是時間就能解決的問題，但現在連家長會都開始吵起來了，我們也不能毫無作為……真是的，平原老師，這都要怪妳。」

「真、真的很抱歉。」

被原田這麼一瞪，真梨華老師立刻縮起身子。

原田又故意嘆了口氣，重新看向高槻說道：

「高槻老師，我猜您已經聽平原說過了，但這件事要麻煩您保密。原本就已經對孩子們造成很大的影響了，要是又被媒體逮到這個機會，恐怕會引發更大的風波。」

「是，我了解。」

高槻帶著爽朗的笑容如此答道。

「請放心，我不會對外透露這件事。或許會將這起事件當作研究時的參考，但就算用在論文當中，我也不會寫出學校所在地和校名，全方位保護孩子們的隱私。」

由於高槻的五官和姿態高雅又端正，像這樣談論正事的時候，看起來就像風度翩翩的優秀菁英。實際上卻是會被小學生說「我可以收你當小弟」的人。

原田似乎不打算參與高槻的調查，對真梨華老師說了句「之後就麻煩妳了」之後就回到座位上。智樹對他的背影不屑地吐舌，感覺也沒必要做到這種地步。見狀，尚哉回想起自己的小學也有這種惹人厭又可怕的老師。雖然是全校的討厭鬼，但原田應該也是如此吧。

高槻對依舊縮著肩膀的真梨華老師說：

「那麼，我想跟玩錢仙的幾個孩子聊聊。以及有問題的那個置物櫃，請務必讓我實際看一眼。」

「啊，好的……三位都已經在教室等候了，我帶兩位過去。」

在真梨華老師的帶領下，一行人離開教職員室走在走廊上。五年二班的教室位於跟教職員室同一棟校舍的三樓。

走到前方領路的智樹，回頭對高槻說著第四小學的七大不可思議，像是「阿彰！前面那間就是我之前說的保健室！要是在床上睡覺，燒焦的士兵就會跑出來喔！」、「對面那棟二樓理科教室的骨骼標本，到了晚上就會開始跳舞喔！」等等。可能是因為高槻之前跟智樹打聽過學校七大不可思議的事情吧，高槻也開開心心地回應。

走在尚哉旁邊的真梨華老師，有些感佩地說：

「高槻老師真的是研究怪談的啊……能請到這方面的專家，真是幫了大忙了。」

「唉，我們這位老師確實是在研究怪談啦，但他不是靈能力者喔。」

聽尚哉這麼說，真梨華老師輕笑起來。

「也是有幾位家長建議請靈能力者來，但難得大河原同學介紹了高槻老師，感覺也很值得信賴，所以才希望他能過來。」

「我覺得你們可以信賴他啦，只是有點……呃，唉呀，他這個人滿怪的——對了，那個，可以問一個問題嗎？」

「當然，你想問什麼？」

真梨華老師有些疑惑。

尚哉開口問道：

「剛才學年主任那位老師說了『這都要怪妳』之類的話吧？是因為怪談是從平原老師負責的五年二班傳出來的嗎？」

剛才原田的眼神就像在看麻煩鬼一樣，讓尚哉有些好奇。

聞言，真梨華老師一臉為難地垂下眉毛。

「啊，是啊……沒錯。而且——也是由於那些孩子玩錢仙的時候，我也在場吧。」

「咦？平原老師當時也在嗎？」

「是的，因為那些孩子提出『放學後想玩錢仙，老師也過來陪我們吧』的要求……畢竟是放學時間，不能出任何差錯，我就肩負監督的職責去了現場。原本是該阻止她們的，但我小時候也玩過這種遊戲，不禁有點懷念。」

真梨華老師說這些話時，嗓音沒有扭曲變形，看來並沒有撒謊。

智樹轉頭看向他們。

「真梨華老師常常陪我們一起玩遊戲。如果我不是三班，是二班的學生就好了～我的班導是個超恐怖的大叔～不然阿彰來當班導也不錯，感覺很好玩耶！阿彰，你是老師吧？要不要來我們學校？」

「嗯～真可惜，我沒有小學老師的執照耶。」

高槻苦笑著說。

「什麼嘛，阿彰你沒有執照喔！遜爆了！」

「不好意思～不然這樣吧，智樹長大後可以來我們大學啊……吶，智樹，你有實際看過那個『五年二班置物櫃』嗎？你是不是也覺得很恐怖？」

聽高槻這麼問，智樹雙手環胸「嗯～」了一聲。

「雖然不知道是不是真的被詛咒了，但我還是有點怕怕的……只是有點怕，有點怕而已！」

智樹用驕傲的口氣回答，但再三強調的「有點怕」這幾句，尚哉卻覺得聲音有點扭曲。可見他其實很害怕，只是在逞強而已。

智樹這種反應，應該跟大部分的孩子們一樣。

一旦聚在一起，藏在他們心中的這份恐懼就會被放大。學校就是這種地方。

如果那個怪談起於孩子們的執念，那高槻要用什麼方法解決呢？還是置物櫃可能真的被妖怪附身——若真是如此，尚哉覺得高槻應該會把那個置物櫃帶回去，說不定還會喜孜孜地扛著走回去。那畫面實在太難看了，希望他別這麼做。

來到五年二班的教室後，就看見三個神色緊張的女孩子聚在窗邊。一個綁著馬尾，一個綁著魚骨辮，一個留著直長髮。一看到真梨華老師打開前側教室門走進來後，三人就紛紛喊著：「老師！」「真梨華老師，妳好慢喔～！」「我們都等到不耐煩了！」

然而，看到跟著進來的高槻後，女孩子頓時陷入沉默。

隨後三人看著彼此竊竊私語道：「那是大學老師嗎？」「咦？太帥了吧？」「好像偶像〇〇〇喔！」她們應該是想講悄悄話，結果大家都聽得一清二楚。

「妳們好，可以叫我彰良老師喔！待會想問妳們幾個問題，可以嗎？」

高槻笑容滿面地對她們這麼說，她們就精神飽滿地回了聲「可～以～！」並走上前來。看來高槻的長相在小學生之間也吃得開。人帥真好，轉眼間就能讓對方放下戒心。

「那，可以先問妳們叫什麼名字嗎？」

「神倉理帆。」

「石井彩里。」

「光村杏奈。」

在高槻的詢問下，女孩們爭先恐後地報上姓名。馬尾女孩是理帆，魚骨辮女孩是彩里，直長髮女孩是杏奈。這個年紀的女孩子比較早熟，跟智樹相比，每一個看起來都像大姐姐。

教室裡就只有她們三個人。尚哉環視教室一圈，雖然不是自己的母校，卻也有種莫名懷念的感覺。用此刻大學生的視線來看，兩兩並排的課桌椅竟驚人地矮小，刻在桌面上的塗鴉也述說著歷代使用者的個性。寫在黑板角落的值日生的名字，牆上貼著的每一張「希望」毛筆字有著五花八門的風格，粉色圖畫紙做成的公告上寫著本月目標是「大聲打招呼」。教室後方設置有擺放背包或書包的櫃子，無人使用的區域則被當作學級文庫的擺放區。

然後——在這個櫃子旁邊，也就是教室後方的窗邊，放了一個老舊的鐵櫃，門關得緊緊的。

高槻問道：

「那個就是有問題的置物櫃嗎？」

「不是。因為孩子們太害怕，所以有問題的置物櫃已經被移到空教室了，這個是搬過來替換的。」

真梨華老師回答。

高槻點點頭表示「原來如此」，隨後又將視線轉回女孩們身上。

「那麼，把玩錢仙時發生的具體情況告訴我好嗎？妳們可以坐回當時的座位上嗎？」

聽高槻這麼說，女孩們就移動到窗邊的座位。

理帆坐在前方數來第二排窗邊的座位，彩里坐在她旁邊，杏奈則坐在後面第三排的窗邊座位。理帆和彩里側坐在椅子上，變成轉頭面對杏奈座位的姿勢。

「就是這個位置嗎？」

「嗯，沒錯，我們就是在這裡玩錢仙。然後……」

杏奈看了真梨華老師一眼，真梨華老師點點頭表示「沒問題」，就接著杏奈的話繼續說下去。

「——其實我們學校不流行玩錢仙，但這些孩子似乎是在補習班從熟識的別校學生那裡得知錢仙的玩法，也想親自玩玩看，所以那天就在這個位置玩起錢仙。」

杏奈她們念了幾次「錢仙錢仙，請降臨」後，十圓硬幣就緩緩地動了起來。

她們對錢仙拋出幾個尋常的提問。講出喜歡的男生姓名後，詢問「他喜歡的女生是誰」，又問「未來跟我結婚的人叫什麼名字」。每一次十圓硬幣都會緩緩挪動，大家驚訝地盯著看，紛紛輕聲笑了起來。

但玩著玩著，問題也問完了。

大家決定差不多該結束遊戲，於是請求道：「錢仙錢仙，請回吧。」

可是十圓硬幣卻原地打轉，完全停不下來。

杏奈她們紛紛疑惑地喊著「咦？」「討厭！」「怎麼辦！」，卻還是不停念著「請回吧」，可是十圓硬幣依舊轉個不停。

轉著轉著，硬幣就來到了「否」這個地方。

杏奈她們嚇得渾身發抖。錢仙不但沒回去，還表達抗拒之意。

「請回吧。」「否。」「請回吧。」「否。」——這番對話上演幾回後，理帆似乎再也撐不住了，放聲大喊：「你到底是誰啊？趕快滾回去啦！」

結果十圓硬幣緩緩移向寫著五十音平假名的地方——依序指出「千」、「夏」這幾個字。

隨後立刻發生更令人費解的異狀。

教室後方傳來一陣「喀鏘」的微弱聲響。

杏奈她們和真梨華老師都下意識轉頭看去。

結果放在教室角落的置物櫃門，竟發出「嘰嘰嘰」的細微聲響，慢慢打開了。

「這些孩子見狀就同時發出慘叫聲……從教室逃出去了。」

「明明有『錢仙沒走不可中斷』這個規定，妳們還是逃跑了？」

高槻歪著頭看著那幾個女孩子，三人都一臉尷尬地低下頭去。

杏奈作為代表開口說道：

「因為……當時真的太可怕了，哪顧得了規定啊。」

「說得也是，畢竟置物櫃門自己打開了，一定很可怕吧。然後呢？」

「因為她們衝到走廊上，我也急忙追上去。」

真梨華老師再次描述當時的情形。

真梨華老師在校舍出入口才終於追上她們，三人都蹲坐在鞋櫃前放聲大哭，真梨華老師也努力安撫。

「事情鬧得太大，還留在學校的其他學生和教職員都聚集過來……被逼問之後，她們才說出玩了錢仙，還有置物櫃門自動打開的事。結果就變成怪談在學校裡散播開來了。」

真梨華老師用相當頭痛的表情這麼說。

高槻用一隻手輕撫下顎，繼續問道：

「那之後怎麼樣了？」

「嗯，我將嚎啕大哭的孩子們託給其他老師，先回教室去了。」

「一個人嗎？發生這麼恐怖的事耶，真梨華老師太勇敢了吧！」

「確、確實是有點害怕啦……但也不好意思請其他老師陪我一起去。而且這些孩子的書包都忘在教室裡，錢仙那張紙也放在那邊，實在不能丟著不管……」

「教室的狀況如何？」

「沒什麼特別的變化。置物櫃門還開著，她們玩錢仙用的紙也放在桌上……我有試著靠近置物櫃，但沒察覺什麼異狀。而且那個置物櫃已經很舊了，金屬零件也鬆脫不少，所以之前也發生過自動打開的狀況。不過為了以防萬一，我還是將門關上，拿著她們的書包離開教室。」

「錢仙那張紙怎麼處理？」

「我也收走了，後來拿去焚化爐丟掉。小時候玩錢仙時，我記得有條規定是要將用過的紙燒毀才行……」

「啊啊，大部分都會這麼做——然後呢？在那之後還有出現其他異狀嗎？比如玩錢仙的成員中有人身體變差之類的。」

「這倒沒有……一段時間後，這些孩子也都冷靜下來，後續沒有發生稱得上異狀的事。」

真梨華老師這麼回答時，女孩們不約而同地搖頭否認。

「哪有，發生很多可怕的事啊！」

「置物櫃門自動打開的次數增加了！」

「上課時也開，放學後也開！還有人聽到置物櫃裡傳出聲響！那絕對是千夏的聲音！」

三人七嘴八舌地說。

高槻對女孩們探出身子問：

「千夏的聲音？——所以妳們知道錢仙指示的『千夏』這個名字囉？」

這時女孩們忽然閉上嘴巴，接著有些內疚地看著彼此，並低下頭去。

替她們開口的是真梨華老師。

「在今年夏天以前，千夏同學——水沼千夏，曾經是五年二班的學生。」

真梨華老師描述千夏時，使用的是過去式。

「千夏同學生來心臟就不好，幾乎很少到校上課，升上五年級後只進過教室兩次。為了接受手術住進比較遠的醫院……在暑假前就搬家了。」

她的座位就在那裡——真梨華老師所指的地方是教室最後面，正好就是擺放掃具的置物櫃前方。

就在此時。

「——太精彩了。」

高槻輕聲嘀咕道。

真梨華老師一臉錯愕地看著高槻。

高槻伸出右手，彷彿要跟她握手似的。真梨華老師的表情依舊困惑，卻也被牽動著伸出手。

於是高槻握起真梨華老師的手，宛如要邀請她共舞般，以優雅的動作將她拉近自己。真梨華老師滿臉驚愕地抬頭看著高槻，高槻也立刻拉近距離凝視著她說：

「真的太精彩，太完美了，真梨華老師。」

「咦？咦？請、請問……？」

真梨華老師疑惑地說，但高槻卻帶著滿面笑容繼續說道：

「本來只是個尋常錢仙遊戲，情勢卻忽然失控。以此為開端，連結到置物櫃的怪異現象，這時同學的死訊浮出檯面，為整起事件提供了鐵證！這怪談的架構堪稱無懈可擊啊！怪談流傳時，結尾之所以會是『靠近置物櫃就會被帶到另一個世界』，是因為這件事本身就充滿死亡的陰影！肯定是有意識到『另一個世界＝亡者的世界』這一點吧，啊啊，真的太精彩了！」

尚哉心想完蛋了，便急忙走向高槻身邊。

難得到剛才都展現出風度翩翩的優雅舉止，可是一談到這種事高槻果然失去了理智。畢竟高槻最愛的就是怪異事件，要是有人把最愛的怪談故事端到眼前，他自然會開心地大快朵頤。到這種時候，基本上要是沒有人出馬制止就會沒完沒了。像散步途中汪汪叫著撲向路過行人的大型犬一樣，熱情地抱著對方不放。

高槻會僱用尚哉當助手的理由，有一半就是為了在高槻失去理智時，尚哉能以常識擔當的身分制止他。尚哉將手放在高槻的肩膀上，先以冷靜的口吻告誡道：

「高槻老師，請冷靜一點。先把手放開，聽話，快點。」

「在說什麼呀，深町同學！你也聽見了吧？換句話說，這是死去的同學以降靈術重返人間了啊！你不覺得很耐人尋味嗎？這種時候怎麼有人能冷靜下來啊！」

「呃，除了你之外，在場所有人都很冷靜啊！」

這個三十四歲的男人真的沒救了，尚哉在心中抱頭苦惱起來。這種時候真的很想要一條狗用牽繩。高槻對他人的社交距離本來就近得離譜，面對女性也會自然而然地或牽手或將臉貼近，每次都讓尚哉憂心忡忡地想這傢伙會不會被當成色狼或性騷擾罪犯被逮捕啊。尚哉偷偷往周遭瞥了一眼，發現智樹和女孩們都目瞪口呆地看著他們。再這樣下去，高槻的立場和信用就蕩然無存了。

「那、那個……」

這時，被高槻步步逼近的真梨華老師努力擠出聲音說道：

「沒、沒有死！千夏同學，還沒有死！」

「……什麼？」

「……咦？」

本想再更熱情地將真梨華老師抱進懷裡的高槻，以及拉著他的手試圖制止的尚哉，同時停下動作。

高槻這時也猛然回神重整姿態，急忙放開真梨華老師的手。

看來是恢復理智了。高槻戰戰兢兢地窺看著滿臉通紅的真梨華老師，內疚不已地縮起肩膀。

「太、太失禮了，真的很抱歉……因為，呃，我太喜歡這種話題了，所以才會開心成這樣，忍不住想伸手抱住妳……」

「啊，不會，剛才的狀況，呃，沒關係……」

臉依舊紅潤的真梨華老師，將有些凌亂的頭髮打理整齊。「居然沒關係喔。」「她說沒關係耶。」「當然沒關係呀。」「又沒差。」孩子們異口同聲地竊竊私語起來，但真梨華老師裝作沒聽見，似乎真的不追究高槻擁抱的行為。尚哉雖然也覺得真的不在意喔？但要是真被告上法庭也很麻煩，所以還是希望她不再過問。

真梨華老師輕咳一聲後，繼續說道：

「總、總而言之，千夏同學沒有死。她住院接受治療，手術也成功了，聽說現在正在回復中。所以不可能用錢仙遊戲召喚出千夏同學的靈魂！」

「……但說不定是生靈啊。」

理帆用這句話反駁真梨華老師。

彩里和杏奈也點頭稱是。

「不然錢仙那時候怎麼會指出千夏的名字？太奇怪了吧！」

「對啊，千夏的靈魂果然回到這間學校了！」

「我也這麼想！否則說不通嘛！」

見女孩們七嘴八舌地吵嚷起來，真梨華老師又露出苦惱至極的表情。原來如此，這樣確實連課都沒辦法上了。

對孩子們來說，千夏的生死根本不是問題。因為錢仙指出千夏的名字，她的存在就演變成這則怪談的核心了。

這時，高槻將臉湊向尚哉，壓低聲音問道：

「深町同學——如何，有人在說謊嗎？」

「不，沒有。」

尚哉同樣壓低聲量回答。

來到這間學校後，在聽過聲音的這些人當中，都沒有人在置物櫃怪談這件事上撒謊。換句話說，她們玩了錢仙，當時十圓硬幣指向「千夏」二字，以及置物櫃打開這些事，全都是真的。

而且這個班上確實有名叫「千夏」的同學，她也還活著。

「是嗎……那就有趣了。」

高槻將視線移回依舊吵鬧的女孩們和真梨華老師，如此低喃道。

有問題的置物櫃，已經搬到隔壁校舍二樓的空教室了。

真梨華老師應該還要花點時間安撫那群亢奮的女孩子，於是高槻、尚哉和智樹決定先過去看看。

但走下二樓，經過廊道前往那間教室的途中，智樹的樣子卻越來越不對勁。他變得莫名焦躁，還頻頻抓撓頭髮和口袋。

高槻問道：

「智樹，你怎麼了？」

「沒有，呃……那個、我、呃……」

最後智樹終於在走廊中間停下腳步，吞吞吐吐地說。

「智樹……你是在害怕嗎？」

「我、我沒有！」

智樹回答高槻的嗓音極度扭曲。

尚哉下意識摀起耳朵。高槻在智樹和尚哉之間來回看了看，饒富興味地瞇起雙眼。

「是嗎？那你怎麼從剛才就這麼毛毛躁躁的？」

「我、我差不多該回去了！今天要上才藝課！不早點回去的話，會被媽媽罵的！」

「這樣啊，要上才藝課就沒辦法了。是什麼才藝？」

「小提琴！所以我雖然一點也不怕，但還是要回家了！阿彰，拜拜！」

說完，智樹就立刻轉過身子，慌慌張張地在走廊上跑了起來。

目送他的背影離去後，高槻小聲地噗哧一笑。

「……智樹剛才說謊了吧？」

尚哉摀著耳朵點點頭，臉還是皺成一團。

「對，今天要上才藝課這件事是假的，那孩子其實怕得要命。」

「啊哈哈，剛才因為真梨華老師跟女孩們也在，所以他在逞強吧，真可愛。」

「但他真的在學小提琴。」

「是哦，有機會一定要欣賞一下——那麼就剩我們兩個去看那個置物櫃了。」

兩人前往的那間空教室，位於現在這條走廊的最後方。

尚哉和高槻一同走在走廊上，將薄薄的訪客拖鞋踩得啪嗒啪嗒響。這層樓似乎是俗稱特殊教室的集中地，有理化教室、視聽教室，還有電腦課專用的ＯＡ教室。

假日的學校杳無人煙、鴉雀無聲，讓人不禁覺得走廊上也有些陰暗。尚哉想起自己小學時把東西忘在學校回去拿的事情。當天雖然是平日晚上，但校舍中除了教職員室以外的地方沒有任何照明，光是無人走動這一點，就讓走廊看起來莫名空蕩。明明是再熟悉不過的建築物，卻有種陌生的感覺，讓他覺得有些恐懼。

「——對了，上一堂課我們有聊到一點學校怪談呢。」

高槻開口說道，彷彿看穿了尚哉的心思。

「學校這個地方真的很有意思。將一大群沒有血緣關係的孩子關在一起，強迫他們共同行動。有一派學說認為，學校之所以容易出現怪談，或許是透過怪談這種方式，可以讓孩子們受到壓抑的心獲得某種釋放。孩子們是用『怪異』這種無秩序的方法，對抗校方強加而來的秩序……這種說法固然有趣，但我的看法有點不同。」

「老師有什麼看法？」

「對孩子們來說，學校應該是『日常』與『非日常』互為表裡，同時存在的地方吧。」

「日常與非日常同時存在……？」

「沒錯。」

高槻輕聲一笑，轉頭看著尚哉。

那雙眼平常應該是深褐色，不知不覺竟浮現出一抹蒼藍，深邃的暗藍色眼眸就像夜空一般。高槻的眼睛有時候會像這樣改變色彩。臉上明明是宛如白日晴空的燦爛笑容，唯獨眼瞳中暗藏著夜幕。

「上一堂課我有提過，怪異就是與日常脫軌的現象吧。『日常』生活中，全是平常熟悉親近且清楚的事物，所以才讓人安心。但怪異往往都潛藏在『日常』與『日常』的縫隙之間，也就是『非日常』。」

高槻用那雙夜空般的眼睛，抬頭看向旁邊那間教室的班牌。

理化教室。就是智樹說骨骼標本會跳舞的怪談地點。

「你不覺得學校就是由好幾重『日常』與『非日常』的結構組合而成的嗎？對剛入學的一年級生來說，學校是完全陌生的地點。日漸熟悉後，教室和鞋櫃這種平日經常使用的地點，就會慢慢轉變為『日常』，但使用頻率較低的理化教室和音樂教室依舊是『非日常』。所以大部分學校的理化教室的骨骼標本都會動，音樂教室的貝多芬畫像眼睛都會動。」

「因為是不熟悉的地點，所以依舊充滿未知嗎？」

「沒錯——在這裡也說得通。人類總對未知的事物感到恐懼。」

高槻經常把這句話掛在嘴邊。

人類對未知的事物感到恐懼。因為不想停留在未知階段，所以會為此加油添醋，用這種方式替含糊籠統的恐懼與不安加上具體的形式及名稱——於是怪談便油然而生。

「學校裡『日常』與『非日常』的對立可不只如此。教室和廁所的關係我在課堂上也說過了，不過上課時間和放學時間也具有對立關係。」

平常總是人聲鼎沸的校舍，如今卻絲毫無人充滿寂靜。從窗戶灑入的日光消失無蹤，只有火災警報器的紅色燈光與逃生口的綠色燈光散發鮮明的亮度，大肆主張存在感。

對當時回學校拿遺失物的小學生尚哉而言，夜晚無人的學校儼然就是異世界。唯獨這一刻，他覺得從同學口中聽來的學校七大不可思議全都是真的。彷彿現在樓梯會不知不覺多一階，音樂教室的鋼琴會滴血奏出悲傷的曲調，廁所的馬桶也會歪歪扭扭地伸出慘白手掌，將他嚇得六神無主，最後逃也似地跑出校舍。

放學後的校舍，算是學校中隱含的「非日常」的翹楚。所以學校七大不可思議，多半都發生在放學後或夜晚吧。

「五年二班那些孩子，也是在放學時間玩錢仙，正好是怪異現象發生的絕佳時間點。」

說完，高槻停下腳步。

前方就是走廊的盡頭了，兩人不知不覺就來到那個放置置物櫃的空教室前方。設置在拉門上方的班牌沒有任何標示，也增添了「非日常」的氣息。

高槻將手放上拉門。

尚哉原以為他會直接開門，結果高槻暫時停下動作。

「這麼說來，假日的學校當然也是『非日常』，空教室亦然。我們想見識的那個置物櫃，如今就位於『非日常』的核心地帶……吶，深町同學。」

說完，高槻微微屈下身，盯著尚哉的臉問：

「你害怕進入這間教室嗎？」

要說非日常的話，尚哉認為露出這種眼神的高槻才是非日常。

每當他近距離盯著那雙彷佛會勾人的夜空眼眸時，總會忍不住屏息。認識高槻後數度在腦海中出現的那個疑問，此刻又再度浮現。

——這個人到底是何方神聖？

這一點恐怕連高槻自己都不清楚。他不明白自己的眼睛為何會變成這樣，也沒有當時的記憶，只知道是被捲入只能用「怪異」一詞解釋的狀況，才會變成這副模樣。

所以高槻才對怪異無可自拔、充滿渴求。

尚哉的視線完全移不開高槻的眼眸，語氣僵硬地說：

「你問我怕不怕……當然是有點害怕了。可是……」

「可是？」

「——唉呀，你靠太近了！」

尚哉這麼說，將手由下往上頂把高槻的下顎撞開。感覺高槻的脖子附近傳來「喀嘰」一聲，但尚哉決定當作是錯覺。

「深、深町同學，那個，剛剛我的脖子後方好像有怪聲……！」

「你多心了吧。別說這些了，麻煩快點開門。」

聽尚哉這麼說，高槻便壓著脖子看了他一眼。

尚哉也看向那雙不知不覺變回焦褐色的眼睛，繼續說道：

「恐懼是源自於未知吧？那親眼看到實物，應該就不會怕了吧？」

「那或許不是看了就明白的東西喔？說不定謎團會越陷越深。」

「可是跟還沒看過時相比，我們至少確定了這一點啊，這樣肯定比停留在未知階段好吧。」

「——……啊啊，你這種思維很優秀呢。」

高槻這麼說，嘴角上揚笑了起來。

於是他再度伸手放上拉門。

他一聲不響地拉開門，裡頭是無人使用的空教室，似乎完全被當成倉庫了。牆上沒有任何公告，只留下圖釘刺過的痕跡。講臺也被移除，好幾組桌椅被堆疊靠在窗邊。剛才五年二班教室的桌椅較大，似乎是高年級用的，而這裡的桌椅小得驚人，應該是低年級用的。

在這一整排層層堆疊的桌椅前方，有個灰色的鐵櫃孤零零地擺在那裡。

照理來說應該在角落的置物櫃卻擺在教室正中央，感覺非常奇怪。尚哉甚至有種西洋棺木被立著擺放的錯覺，就像老電影裡會有吸血鬼跑出來的那種。

置物櫃門是微微開啟的狀態。

從這麼小的縫隙自然看不見置物櫃裡的模樣，彷彿會有不明的黑暗物體從門縫間偷偷鑽出來。

「五年二班置物櫃」怪談在校內流傳開來後，一定有幾個孩子來到這間空教室，從門口偷偷觀察這個置物櫃吧，還會被嚇得瑟瑟發抖，逃也似地離開此處。不難理解智樹想要逃避的心情。

高槻走向置物櫃，直接在周圍繞一圈，仔細看了一會——就將手搭上櫃門。然後一口氣拉開。

裡面空無一物。

連一把掃帚和一個水桶都沒有，當然也沒有通往異世界的入口。「五年二班置物櫃」裡面，頂多只有些許的舊抹布臭味殘留其中。

即使如此，高槻還是不死心地將手伸進置物櫃，往內側的牆面和頂部摸了又摸，但完全沒有會被拉進異世界的感覺。

最後，高槻察看了櫃門的金屬零件。

如真梨華老師所說，金屬零件基本已經鬆脫，幾乎關不起來，難怪門會自己打開。

「……嗯，果然只是個普通的置物櫃。」

高槻意興闌珊地說完，便關上櫃門。

「沒有錢仙潛伏在裡面，也沒有通往異世界的入口。『五年二班置物櫃』只是孩子們擅自臆想出來的怪談。」

真相或許只是那群孩子玩錢仙的時候，櫃門偶然打開了而已。因為時間點太過湊巧，孩子們才會跟錢仙聯想在一起。

「既然如此，錢仙指出『千夏』這幾個字又是怎麼回事？」

「雖然不清楚錢仙的原理，但普遍的說法是，絕大多數都是人類無意識做出的動作。可能是孩子裡的某個人不經意聯想到『千夏』這位同學吧，或者是……——」

這時，高槻彷彿陷入沉思般暫時閉口不語。他用一隻手輕撫下顎，再次盯著置物櫃瞧。

然而，儘管這只是個普通的置物櫃，在孩子們心中依舊是有錢仙潛伏的恐怖置物櫃。從剛才那些女孩和智樹的反應來看，光憑「裡面沒有妖怪」這種單純的解釋，應該行不通。

「老師，接下來要怎麼做？」

「……嗯，這個嘛。」

高槻轉頭看向尚哉。

「吶，深町同學，你可能會覺得不太舒服，但我能不能稍微撒點謊？」

說完，高槻微微一笑。

幾天後，高槻和尚哉再次造訪第四小學。

這天是平日，時間則是跟杏奈她們玩錢仙時相同。這時課程已經結束，幾乎所有教室的孩子們都離開了，校舍慢慢歸於寧靜。

他們事先拜託真梨華老師，請五年二班所有學生先不要回家，統統留在學校。

如今他們一臉驚恐地站在牆邊，看著高槻和尚哉。

地點並非五年二班的教室——而是那間空教室。

過去放在五年二班的那個置物櫃前方，擺了一桌二椅。

桌上有一張白紙，上面寫了五十音平假名、0到9的數字、「是」「否」「男」「女」等文字，以及鳥居的圖案。這是高槻自製的錢仙用紙。

置物櫃門還是微微開啟的狀態，於是高槻走上前仔細地關上櫃門，金屬零件發出「喀鏘」一聲。

隨後，高槻掃視縮在牆邊的孩子們，開口問候：

「各位同學好。我猜你們已經聽真梨華老師說過了，我是在青和大學任教的高槻彰良，你們可以叫我彰良老師——等一下我要對附在『五年二班置物櫃』裡的錢仙進行驅靈儀式。」

孩子們面面相覷，七嘴八舌地吵嚷起來。他們說著「真的要驅靈？」「會成功嗎？」「會不會反而被詛咒？」，對高槻的技術抱持懷疑態度。聽到「還有，為什麼三班的人也在這裡啊？」這句話後，兩人往該處一看，發現智樹趁亂混在二班的學生之中。智樹囂張地將手環在胸前，對周遭的孩子說「因為阿彰是我的小弟啊！是我帶他過來的耶！」看來智樹已經完全把高槻當成小弟了。

真梨華老師對高槻深深一鞠躬，彷彿在說「有勞您了」。

高槻對真梨華老師用力點點頭後，再度看向那群孩子。

「待會我會跟這位深町同學聯手，召喚出你們之前喊來的那位錢仙，然後說服祂乖乖回去，所以各位留在原地看就行了。」

在高槻的催促下，尚哉在置物櫃前擺放的其中一張椅子入座。小學生的椅子太低很難坐，比尚哉還要高的高槻坐起來應該更辛苦。他將一雙長腳跨在外側，與尚哉隔著桌子面對面而坐。

高槻拿出十圓硬幣，放在紙張中央的鳥居圖案上方。接著高槻和尚哉各自伸出食指，輕輕壓在硬幣上。

「錢仙錢仙，請降臨。」

高槻用柔和的嗓音如此念誦。

十圓硬幣毫無動靜。站在牆邊的孩子們都吞了口口水，緊張地看著他們。

「錢仙錢仙，請降臨。」

高槻又念了一次。

但十圓硬幣還是動也不動。

「錢仙錢仙，請降臨。」

當高槻念到第三次時。

十圓硬幣竟緩緩在紙上滑動，在鳥居周圍繞了幾圈才停下來。

孩子們發出驚呼，真梨華老師當場探出身子察看。

「真的來了⋯⋯」

這時，有人輕聲如此說道。

——這個錢仙當然是裝出來的。

那天高槻提議要玩一場假錢仙，好讓這場「五年二班置物櫃」的騷動得以平息。被召喚出來的錢仙潛伏在置物櫃裡的怪異現象，孩子們已經徹底當真了。光靠大人解釋，也很難消除這份恐懼。

『那最好的辦法就是，用跟他們相同的視線和思維來解決。』

這是高槻的意見。

從錢仙而起的怪異事件，最好也用錢仙來終結。

『不過，我之前已經發誓不會在深町同學面前說謊了，所以不會說有聲音的謊話。用十圓硬幣撒謊，你也不會不舒服吧？』

這番說詞聽起來很像詭辯，但除此之外，尚哉也想不出其他讓孩子們冷靜下來的辦法了。

「錢仙錢仙，祢平常身在何處？」

高槻問完後，十圓硬幣就往平假名那幾排字移動，不過是高槻在動。高槻對尚哉說，他只要將手指搭在十圓硬幣上，專心演戲就好。

智樹跑到桌子旁邊，目光追隨著硬幣的動向，將所指文字念了出來。

「遠、方！」

——遠方。

錢仙的回答純屬虛構，但念出答案的是智樹。尚哉能從聲音的扭曲辨別出謊言，僅限於撒謊者開口說出的謊話。只是在一旁念出答案的智樹，聲音並沒有扭曲。

「錢仙錢仙，請回吧。」

高槻說完，十圓硬幣又回到鳥居圖案上。規則似乎是每問一個問題，就得讓錢仙暫時回到鳥居。這種規則做起來雖然拖拖拉拉的，但或許能更加烘托出儀式感。

「祢之前也有來這間學校嗎？」

——是。

「是神倉同學她們玩錢仙的時候來的？」

——是。

高槻繼續提問。原本只有智樹站在一旁念出十圓硬幣指出的答案，後來也有其他孩子走過來圍在桌子旁邊。

「祢的名字是『千夏』嗎？」

——是。

十圓硬幣指出這個答案時，孩子之間頓時起了一陣騷動，還聽見有人說「果然沒錯」。

「祢為什麼要來這間學校？」

——我想見見他們。

「祢想見誰？」

——班上的同學。

「祢有話要對班上同學說嗎？」

——我無意驚動大家。

「還有嗎？」

——好想再跟大家多玩一會。

孩子們異口同聲地念出錢仙的答案。

像這樣由自己說出口的話語，變成某種暗示。這幾句可靠的咒語，徹底粉碎了深植心中對怪談的恐懼。

對千夏的印象，也從「恐怖的生靈」變成「害怕寂寞的前同學」。

這時，現場傳來「喀鏘」的細小聲響。

孩子們嚇得屏住氣息，幾個女孩還發出微弱的悲鳴。

尚哉只移動眼神，看向聲音傳來的方向。

剛才早該被高槻關上的「五年二班置物櫃」，居然微微打開了。

隨著「嘰嘰嘰」的細微摩擦聲，櫃門緩緩開出一道縫隙。

尚哉下意識看向高槻，但高槻毫無動靜。他只瞥了置物櫃一眼，又再次將眼神移回十圓硬幣繼續發問。

「跟大家在五年二班度過的時光，快樂嗎？」

——很快樂。

「祢喜歡五年二班的同學嗎？」

——喜歡。

尚哉心想，啊啊，原來如此。「五年二班置物櫃」這個怪談，是由錢仙和置物櫃兩個元素而生。只用錢仙的力量還不夠，若不把附在置物櫃的靈體驅除就沒有意義了。高槻剛才關上置物櫃的時候，應該就在門上做了點手腳，好讓櫃門晚一點會在適當的時機開啟吧。

高槻和尚哉手指下方的十圓硬幣又動了。

——好想再跟大家一起玩。

「好，我知道了，千夏！」

理帆開口說道。

「對不起，我們居然這麼怕妳，真的很抱歉！明明是同班同學，卻沒機會跟我們一起玩，一定很寂寞吧！等妳康復了，一定要回來這一班喔！」

「對啊，我們等妳！一定會等妳！所以妳要快點好起來！」

「下次再一起玩！我也最喜歡千夏了！」

「我已經不會怕了，因為是朋友嘛！」

彩里、杏奈，還有其他孩子都陸續發聲。

尚哉在心中握拳喊著「太好了！」，成功了。這樣一來，「五年二班置物櫃」怪談中關於千夏的印象應該就能改變了。

孩子們應該不再害怕這個置物櫃和千夏了吧。

「錢仙錢仙，請回吧。」

高槻這麼說。

十圓硬幣緩緩地回到鳥居圖案。

原本發出嘰嘎聲打開的櫃門也靜止不動了。

孩子們屏氣凝神地盯著十圓硬幣看。

「謝謝祢。」

高槻說道。

這是讓錢仙遊戲結束的咒語。

高槻和尚哉的手指離開十圓硬幣的同時，已經開啟約四分之一的櫃門，又「啪嗟」一聲靜靜地關上了。

「——真的很感謝兩位。」

讓孩子們回家後，來到校舍出入口送高槻和尚哉離開的真梨華老師這麼說，並深深鞠躬致謝。

「多虧了高槻老師，孩子們也冷靜許多，我想這樣就沒問題了，畢竟大家的表情在『驅靈』儀式前後有明顯的變化。」

「別這麼說，能幫上忙是最好不過。這次的事件對我的研究也別具意義。」

高槻這麼說。

他有事先告知真梨華老師錢仙是裝出來的，得到她的允許後，高槻才會付諸實行。

「對五年二班的孩子來說，千夏不再是令人恐懼的存在了。太好了，真梨華老師，是不是鬆了一口氣？」

「嗯，是啊，真的放心了……」

「我想也是。因為——當時把千夏的名字指出來的人，就是真梨華老師吧？」

聽到高槻這句話，真梨華老師忽然繃緊了臉。

尚哉驚訝地看著兩人。

高槻臉上是一如往常的笑容。

真梨華老師也看向高槻，表情卻依舊僵硬。

「前幾天聽孩子們描述玩錢仙的狀況時，我就覺得，啊啊，依照那個座位配置，應該還能再坐一個人吧。」

高槻這麼說。

「而且那個時候，光村杏奈坐在玩錢仙的位置上，轉頭看著妳似乎想說些什麼，妳卻打斷她的話繼續說了下去，我當時就覺得有點不自然——我猜杏奈那時候想說的大概是『真梨華老師坐在我旁邊』吧？」

「你、你在說什麼呀？」

真梨華老師依舊僵硬的臉上勉強擠出一抹笑容，接著說道：

「怎麼可能呢，因為——我又沒有跟她們一起玩錢仙。」

真梨華老師的聲音扭曲了，尚哉舉起一隻手摀住耳朵。

高槻將手放在尚哉肩上，轉頭看向真梨華老師。

「不可以說謊喔，真梨華老師。」

聽高槻說得斬釘截鐵，真梨華老師便露出泫然欲泣的表情。

高槻往真梨華老師走去，真梨華老師膽怯地渾身一震。

但高槻不顧真梨華老師的恐懼，屈身盯著她的臉。

「我不是要責怪妳，妳應該也有理由，我只是對這個理由有點好奇而已。因為有妳這個舉動，才會產生『五年二班置物櫃』怪談。」

高槻宛如演員的俊美臉龐露出笑容，用吟詠般的語氣如此說道。

他說得沒錯，從高槻的嗓音中聽不出對真梨華老師的責備。

他只是想知道事實。

釐清一個怪談誕生的理由，以及生成背景。

「告訴我好嗎，真梨華老師。為什麼要指出千夏的名字？」

真梨華老師低下頭，想要逃避高槻的視線。

她的雙肩不停震顫，隨後才吐露出微弱的嗓音。

「那是……因為，那些孩子……」

她的聲音跟肩膀一樣抖個不停，卻沒有絲毫扭曲。

顫抖的嗓音哽在喉間，但真梨華老師口中終究還是說出了事實。

「因為那些孩子——已經忘記千夏同學了。」

「忘記了？」

高槻疑惑地歪著頭。

真梨華老師緩緩抬起頭。

她仰頭看著高槻近在眼前的臉龐，眼裡浮現出淚光。

「……千夏同學，只來五年二班上過兩次課而已。」

真梨華老師用顫抖的嗓音這麼說，高槻也靜靜地等待她的下一句話。

「千夏同學沒辦法去遠足，也沒參加校外教學，座位總是空蕩蕩的，不知不覺就被趕到最角落的地方。連餞別會都沒辦成……」

至此真梨華老師有些說不下去了，又再度低下頭。滑過臉頰的淚水，滴滴答答地落在腳邊。

但真梨華老師重新抬起頭時，臉上卻寫滿了憤怒。

「……可是！可是，千夏同學還是五年二班的一分子！」

真梨華老師粗魯地用手背抹去沾溼臉頰的眼淚，用瞪視的眼神抬頭看著高槻。

「暑假結束後沒多久，我就跟那群孩子提議『要不要給千夏同學寫封信』。因為強制規定也不太合理，所以就說想寫的人再寫，寫完之後帶來學校，統整之後再寄給千夏同學……」

真梨華老師說了句「可是」，嗓音變得有些嘶啞。

「……可是，根本沒有人把信拿給我。」

「這也沒辦法啊，畢竟大家連跟千夏當朋友的時間都沒有。」

高槻這麼說。

真梨華老師的雙拳握得死緊。

「我知道……我也知道不能責備那些孩子，是我思慮不周。當聽說千夏同學在自己負責的班級時，我就已經決定了。或許她幾乎沒辦法進教室上課，但我還是會把她當成班上的一分子用心對待，也想對其他孩子灌輸這個觀念……結果徹底失敗了。為了千夏同學，我還會請當天的值日生多做一份課堂筆記。」

就算千夏不在，五年二班的日常也沒有任何變化，這是理所當然的。畢竟對孩子們來說，她原本就是相當於不存在的存在。

但這個事實讓真梨華老師相當感傷。

「千夏同學搬家前，我有去她家跟她見上一面。千夏同學說『雖然幾乎沒去上課，但學校生活真的好快樂，大家都很善良，我很喜歡他們』。可是，你們不覺得大家太過分了嗎？在五年二班的同學心中，千夏同學到底算什麼……我忍不住這麼想。」

「所以妳——才會在錢仙遊戲指出千夏的名字，希望大家能想起千夏。」

「因為……沒想到事情會鬧得這麼大……」

真梨華老師原本狠狠地瞪著高槻，眼中的凶光卻頓時消褪。真梨華老師似乎被蜂湧而上的後悔徹底淹沒，不禁縮起肩膀，雨點般的淚水再度落到腳邊。

她當時或許沒想太多，只想稍微惡作劇而已吧。她在錢仙遊戲中指出千夏的名字，想透過這種方式讓孩子們稍微想起千夏。

但以結果來說，真梨華老師的所作所為，跟殺害千夏沒什麼兩樣。

千夏變成在錢仙遊戲中被召喚出的幽靈，讓孩子們避之唯恐不及。除了五年二班之外，這份恐懼甚至還延燒到整間學校。

真梨華老師應該真的很苦惱吧，自己闖下的禍太嚴重，而且孩子對千夏的恐懼已經深植心中。

「——真梨華老師，謝謝妳願意吐實，這樣我就明白了。」

高槻這麼說。

接著，他有些尷尬地低頭看著淚如雨下的真梨華老師。

「對不起，我不是要故意惹哭妳的……看來我在這種時候還是欠缺了一點常識，導致思慮不周。可是，那個——別擔心，真梨華老師。」

高槻再次看向真梨華老師的臉這麼說，像是在溫柔開導一般。

「千夏確實一度變成恐怖的惡靈，但現在已經截然不同，至少在那些孩子心中已經不是了。」

剛才孩子們把千夏當成朋友，紛紛向她喊著「最喜歡妳」、「以後再一起玩」。

這些話當然不是喊給真正的千夏聽，在他們當中，應該沒幾個人真的跟千夏一起玩過，有人可能連一句話都沒說過。千夏在五年二班的存在感就是如此薄弱。

但透過這次的事件，他們再度意識到千夏的存在。起初把她當成惡靈，最後則把她當成同班同學，這是不爭的事實。

「惡靈被平定後，就會變成守護神，這是這個國家的文化。這個國家的人從前就是用這種方式，守護自己所屬的共同體。」

「高槻老師……」

真梨華老師看向高槻，跌出眼眶的淚水劃過白皙的臉頰。

高槻拿出手帕，輕輕壓在真梨華老師被沾溼的臉頰上。

「可是真梨華老師，我採取的只是較為激烈的驅靈手法。往後的悉心守護，是共同體之首，也就是妳這位班導的工作。別擔心，妳一定辦得到。既然妳能對一個孩子如此用心，就一定沒問題。」

高槻讓真梨華老師的手握住手帕，面帶微笑地這麼說。

走出校舍時，已經是日暮時分了。

這個季節天黑得特別快，從訪客出入口看出去，校門正好位於西方。沿著校園邊緣走向校門時，尚哉被火紅色的夕陽照得瞇起眼睛。

孩子們應該都已經放學了，到處都不見他們的蹤影，周遭一片寂靜。空蕩蕩的校園裡只有微風吹拂，設置在角落的零星遊樂器材因為無人遊玩，感覺就像被忘在那一樣。

「——不過，『五年二班置物櫃』這個怪談，真的能就此從這間學校消失嗎？」

走著走著，尚哉提出這個疑問。高槻笑著回答：

「已經廣為流傳的怪談，不會那麼輕易就消失，畢竟我們所做的『驅靈儀式』只針對五年二班而已。『五年二班置物櫃』這個怪談，未來應該會在第四小學繼續流傳下去。」

「……這樣沒關係嗎？」

校方是委託他們解決「五年二班置物櫃」怪談造成的騷動。既然往後怪談會繼續流傳，應該又會鬧出風波吧。

但高槻看著尚哉說：

「這樣就好。」

他轉過頭，越過肩膀看向後方的校舍，語氣愉悅地說：

「只要有學校就有怪談，這或許是源自於孩子們對怪談的渴求之心吧。畢竟學校生活基本上就是同樣的事物一再重複嘛。太過平穩的日常，就需要一點非日常的刺激。曾為騷動中心的五年二班平定下來後，其他班級也會慢慢恢復正常。」

經過剛才的錢仙遊戲，在孩子們的討論之下，決定將那個置物櫃搬回五年二班。這就是他們不再害怕的證據。或許還有幾個孩子依舊恐懼，但後續真梨華老師應該會想辦法吧。

但要如何對其他班級的孩子解釋置物櫃搬回去這件事，又是另一個考驗了。

畢竟高槻進行「驅靈儀式」時，那些孩子並不在場。他們或許會利用豐富的想像力補足缺失的資訊，讓「五年二班置物櫃」這個怪談迎來全新的發展吧。

「啊，說不定會加上『帥氣的大學老師被找來解除置物櫃的詛咒』這一項呢！」

「你幹嘛擅自變成怪談的登場人物之一啊，而且還說自己『帥氣』，你還真好意思！」

「我秉持的是『重視世人評價』主義——啊啊，對了，深町同學，這個給你。」

說完，高槻就將某個東西塞到尚哉手裡。

是十圓硬幣。

「……老師，這難道是剛才的？」

「沒錯，是錢仙遊戲用的十圓硬幣。遊戲規定要在三天內把它用掉，所以就拜託你啦。」

「拜託我有什麼用啊。再說，剛才的錢仙是裝出來的啊。」

「是沒錯啦……深町同學，當時你是不是挪動了十圓硬幣？」

「什麼？」

被高槻這麼一問，尚哉疑惑地歪著頭。

挪動十圓硬幣應該是高槻的職責，尚哉只是一臉嚴肅地把手指放在上面而已，什麼也沒做。

高槻拿出剛才錢仙遊戲的用紙仔細凝視，說道：

「最後指出『好想再跟大家一起玩』的時候……我沒有動喔。」

「——啥！」

尚哉大驚失色地抬頭看著高槻。

「咦？怎麼會……那十圓硬幣為什麼會動呢？」

「當時只有我跟深町同學把手指放在十圓硬幣上，既然不是我也不是深町同學……那到底是誰動的呢？」

高槻這麼說。他的聲音輕柔又乾淨透明，跟平常一樣沒有一絲扭曲。

也就是說，他沒有撒謊。

挪動十圓硬幣的人真的不是高槻。

「順帶一提，那個置物櫃的門，打開的時間點也太剛好了吧。」

「咦？那個不是老師動的手腳嗎？」

「沒有啊，我哪有那個閒工夫。而且，就算真能動手腳讓櫃門打開，但讓櫃門自動關閉的方法可沒有想像中輕鬆啊。」

「咦……」

尚哉忍不住回頭看向校舍。

校門在西方的話，校舍就位處東方。西邊的天空還殘留些許日光，但東邊的天空早已轉變為夜色。天上掛著閃爍的星辰，迅速染成暗藍色的雲朵飄浮而過，此刻整棟校舍都籠罩在夜幕之中。

入夜後的學校是最「非日常」——也是所有怪談真實存在的地點。

「總之，往後我會再跟智樹保持聯絡。得繼續調查學校會不會又出現什麼奇怪的事。」

高槻笑著說，眼眸深處藏著一抹跟夜空相同的暗藍色。

尚哉手裡還握著高槻剛才交給他的十圓硬幣，總覺得忽然變重了許多。

第二章　攝影棚的幽靈

最近日本的四季漸漸不再分明了。

聽到這種說法，尚哉也覺得或許真是如此，其中變得最不明顯的就是「秋季」。雖然不知道是地球暖化還是其他因素影響，夏季的酷熱持續殘留，時序進入十月卻還是得穿夏季衣物，一直找不到秋裝登場的時機。結果一回過神，才發現天氣突然變冷，陷入急忙拿出還收在衣櫃裡的冬季外套或大衣的窘境。

這個世界因此受到了各式各樣的影響，比如楓葉到現在還沒染上瑰麗的色彩，秋裝市場變得無比冷清——但今年波及到尚哉的影響，就只有一個。

「……哈啾！」

「哦～深町，你感冒啦？」

十一月第一個週一。

上完第三節「近代日本史概論」後，尚哉在起身的瞬間打了一個超大的噴嚏，一旁的棕髮學生對他這麼說。

難波要一，跟尚哉一樣是文學院一年級，也是同一堂外文課的學生。他的個性爽朗，只要遇到尚哉，總會主動上前攀談幾句。

尚哉吸了吸鼻子，將有些歪斜的眼鏡扶正。

「啊～……有點失策啊。昨晚懶得拿毛毯出來，只蓋薄被睡覺，果然還是著涼了。」

「真的假的，你要面紙嗎？」

「沒關係，我有帶……」

尚哉拿出在車站前拿到的面紙，開始擤鼻涕。

難波說「這些就順便給你吧」，並將三包面紙塞到尚哉手上。每一個都是在車站前大量發送的那種面紙，尚哉也見過幾次。

「啊～……這幾個我也有拿到。隱形眼鏡、柏青哥跟房仲的。」

「對啊。在外獨居的學生，基本上都會拿路邊發的面紙。」

「的確是。畢竟要降低買盒裝面紙的頻率嘛。」

他跟難波一起離開教室，往校區裡走去。幾天前白天還可以不用穿外套，今天卻已經跟冬天一樣冷了。尚哉把高中時期穿到現在的深藍色牛角釦大衣扣了起來，這件是今天早上才急急忙忙翻出來的。

難波身上的皮外套應該是從古著店買的，他跟尚哉一樣，吹到冷風就縮起脖子。說不定連圍巾也該翻出來了。

「——啊，對了。深町，青和祭那天你要幹嘛？應該說，你會來參加青和祭嗎？」

「青和祭……？」

「校慶啊，喏，就是下週末了耶。」

「啊～……」

聽了難波的說明，尚哉才點點頭。可能是因為鼻塞的關係，腦袋有點昏沉。

青和祭，也就是青和大學的校慶，是每年這個時期舉辦的為期三天大型活動。社團等各種團體會在中庭擺攤，或是拿出精心設計的表演。還會邀請藝人舉辦活動或演唱會，聽說每年的來客記錄都相當驚人——即使如此，對於沒加入任何社團的尚哉來說，這些事都與他無關。他只知道這段期間不用上課，甚至可以不必來學校。

「我們社團會擺攤賣可麗餅，要來捧場喔，順便幫忙在『中庭美食競賽』投我們一票。我們社團去年好像是第三名，所以今年鬥志滿滿，非拿下冠軍不可。」

「可麗餅……？咦，難波，你是哪個社團啊？」

「網球社啊。」

「……網球跟可麗餅的因果關係是？」

「認真就輸了啦。雖然不知道原因，但我們社團每年都會擺攤賣可麗餅。好像很多運動類社團都會在中庭擺小吃攤，其中很多攤都滿好吃的，在比賽拿到冠軍還有獎金呢。」

「原來最近這麼熱鬧是因為校慶啊。」

尚哉放眼望向四周，只見校園各處都是忙著裁切三合板和紙箱的學生，應該是在做攤販的招牌和裝飾吧。

難波接著說道：

「我高中的時候來過一次青和祭，大學校慶跟高中的文化祭規模差太多了。留學生會擺攤賣自己國家的美食，摔角同好會搭了一座擂臺舉辦自由參加的比賽，能樂研究會有能樂表演。不僅如此，還有藝人受邀來表演脫口秀，多到讓人眼花撩亂，但真的超好玩的。我當時就覺得，啊啊，好想趕快變成大學生喔。」

「結果今年變成大學生後，你卻在擺攤賣可麗餅。」

「……有什麼辦法，社團很注重上下關係，所以一年級的班表被排得超滿……連學長姐的份都要扛下來……我要煎餅、發傳單，還要補充材料……」

「感覺很辛苦耶——好吧，如果有不甜的品項，我可以去捧場一下。」

「深町，你不愛吃甜的嗎？好，我知道了，做我們社團祕傳的明太子大阪燒可麗餅給你吃，海苔粉幫你加好加滿，所以一定要來喔！」

「喂，根本沒有可麗餅的要素嘛……哈啾！」

尚哉將頭轉向一旁打了個噴嚏，難波就出聲關切：「喂喂，你沒事吧？」

「深町，你一定是感冒了，回去睡一覺吧？待會還有課嗎？」

「……有一個空堂，之後要上『西洋美術史Ｉ』。」

「蹺掉啦，又不是必修。」

「可是那堂課很有趣耶……」

「真是的，你太認真了啦。我等等還有課，先走了，你不要太勉強喔！」

往尚哉手上再塞一包面紙後，難波就走進旁邊的校舍了。尚哉心想那小子到底帶了幾包面紙啊，但還是心懷感激地收進包包裡。

隨後，迎面吹來的風讓他打了個哆嗦。總之在下一堂課開始前，他決定先去有暖氣的圖書館看書打發時間。

但想到「書」的瞬間，尚哉忽然想到另外一件事。

這麼說來，今天本來打算要去高槻的研究室還書。

高槻研究室的書櫃上，也放了幾本高槻的著作。有本書的內容正好跟高槻現在上的「民俗學Ⅱ」課程重疊，所以前幾天尚哉借回來當作參考。雖然專有名詞比課堂上多了不少，但依舊是初學者也能看懂的內容，剛好昨天晚上看完了。

硬皮精裝本在包包中發揮了顯著的存在感，還是先去高槻的研究室一趟吧。尚哉這麼想，將目的地從圖書館改為研究室大樓。

他沿著校舍旁的小路走，果然看見了正在努力準備青和祭的學生。他們用油漆在招牌上塗色，將要做成關東旗的布料攤開。用鐵鎚「匡匡」敲打厚實大木板的那群人，或許是戲劇社的大型道具組吧。每個人都忙得不可開交，卻又顯得樂在其中。

「欸欸~那個燈籠真的可以上色嗎?不是某個人的私有物吧?」

「啊~沒事沒事，那是學長提供的。以前校外教學時他一時興起買下來，但放在家裡也很礙事，所以就送給我們裝飾攤位。」

「OK～那要塗什麼顏色？既然是燈籠，果然還是紅色吧？不然水藍色也很可愛。」

幾個女孩子將寫著「日光」二字的圓形小燈籠放在地上，你一言我一語地說。

尚哉不自覺將目光從燈籠上移開，推著眼鏡低下了頭。他從包包裡翻出耳機塞進耳朵，將世界往外推了一些。

他很不喜歡這種感覺。

不喜歡「群體活動」或「聚在一起熱烈討論」的感覺。

此刻籠罩整個校園的氣氛，讓尚哉有些焦躁，不禁想起國高中文化祭前的那段日子。他最怕那種以「全班同心協力」為主要目的的活動了。

全班同心協力，意思就是用這種方式跟同學好好相處。一起努力完成某個項目，創造共同的回憶，讓彼此的心更靠近。

但這一切都跟尚哉自訂的生存法則相抵觸。

——對尚哉來說，世界理應在他的圈子之外。

不能與他人深交，只能維持必要的情分。

畢竟那個人說謊時，尚哉一定會發現。

說謊者當然不想被發現。他們不認為自己的謊言會輕易露出馬腳，被揪出說謊的行為時也會感到不快。

先不論這些可能性，光聽聲音就能判斷出說謊與否的能力，多數人都會覺得噁心。

所以，尚哉這種人若想在這個世界和平生存，就需要幾項規則。

為了不被別人發現有這種能力，就得時刻留意，盡可能不彰顯存在感。

只要有人上前搭話尚哉都會回應，如果是難波那種人，甚至可以短暫地談笑風生，可是不能跟任何人相處太久。他善於周旋以免過度孤僻，避免被眾人排擠，卻又不能跟對方跨越熟人這條界線。

他會在自己與外界之間拉起看不見的線，雖然會參加社交場合，卻巧妙地保持距離，以免與他人產生不必要的關聯。

這麼一來，他的心就不會被他人的謊言傷害了。

尚哉在升上國中時訂立下這條規則。雖然周遭的人都無奈地說「深町好冷漠」，但他只能用這個方法保護自己。

所以，每當學校有什麼大活動，尚哉都覺得如坐針氈。

不管是在運動會還是文化祭上，只要班上同學越熱心團結，就越能感受到自己和他們從根本上就是不同熱量的生物。感覺在他們心中，自己也是異於常人的存在——尚哉甚至會心生惶恐，懷疑自己該不該待在這裡。

不對——或許他和旁人真的不同。

尚哉也曾有過這種想法。

以前高槻曾用《古事記》中記載的「黃泉戶喫」片段來舉例，去某個地方吃下當地的食物後，就會所屬於當地的共同體。

十歲那年的夏夜，在人人用面具遮掩長相的聚會中，尚哉被迫吃下糖果。在那之後，他的耳朵就變成這樣了。高槻推測那可能是亡者的祭典，尚哉也這麼認為，因為他在那裡見到了死去的祖父。

是亡者的世界，還是異界？雖然不知該如何稱呼，但他確實不認為那場祭典是屬於這個世界。

既然如此，尚哉在那裡吃了他們的食物，或許就變成那個世界的屬民了。當晚尚哉付出的代價是「變得孤苦無依」——換句話說，就是這個意思吧。

走著走著，尚哉低頭看向自己的手。

根據《古事記》記載的黃泉戶喫內容，伊邪那美吃了亡者之國的食物，就再也回不去生者的世界了。可是自己還在這裡，被送回活人的世界繼續生活，這隻手和指尖依然流著血液，看起來就像活生生的人。除了這對耳朵以外，跟其他人應該沒有兩樣。

沒錯，果然只有這對耳朵與眾不同。

這對耳朵讓尚哉變成與世界脫軌的存在。

他輕輕用手觸摸戴著耳機的耳朵。

既然如此——只要毀了這對耳朵就好了吧。

搞不好自己就能站在跟其他人相同的立場了。

「……哈啾！」

尚哉又打了個噴嚏，才回過神來。

他發現思緒漸漸偏向不好的方向，可能真的是身體不舒服的關係。今天上完課後，還是早點回去睡覺吧。

彷彿要躲避室外的冰冷空氣般，尚哉進入研究室大樓，並走上三樓。

來到高槻的研究室後，他摘下耳機敲了敲門。

門後傳來「進來吧～」「請進～」好幾個女性的聲音，讓他嚇了一跳。

尚哉頓時以為走錯房間，但門上確實掛著高槻的名牌。可能是其他教授來訪，或是有研究生在。

他猶豫了一陣，最後還是打開房門。

「那個，打擾了……」

尚哉輕聲這麼說並往屋內看去，結果沒看到高槻，反而是兩名女學生坐在中央大桌旁的折疊椅上。

他對其中一個有印象，那個人是隸屬於高槻研究室的研究生，就讀博士課程一年級的生方瑠衣子。一頭柔順烏黑的長髮從背後流瀉而下，戴著紅框眼鏡，是位外型亮眼的美女。雖然偶爾會頂著一頭亂髮和素顏睡在研究室地板上，但她今天有化妝，服裝儀容也很整齊。

但另一個就沒見過了。那人膚色白皙，頭髮梳成整齊的丸子頭，樸實的五官有種惹人憐愛的感覺，但總覺得很像觀光地區土產店會賣的傳統工藝人偶。

瑠衣子對尚哉揮揮手。

「啊～是深町同學，好久不見～！最近還好嗎？」

「哦，還過得去……瑠衣子學姐似乎也過得不錯呢。」

說完，尚哉對瑠衣子輕輕點頭問候。結果瑠衣子身旁的另一位女學生，用圓滾滾的雙眼盯著尚哉看。

隨後，她再次看向瑠衣子說：

「瑠衣子學姐！吶，難道這位就是傳說中的『狗狗同學』嗎！」

「是呀～很可愛吧～？」

「哇～真的耶，我第一次見到～！原來如此～你就是狗狗同學啊～幸會～！」

兩人開開心心地跟尚哉打招呼。不對，等一下，那是哪門子稱呼啊。

看出尚哉的困惑後，瑠衣子笑著回答：

「啊啊，抱歉抱歉，之所以叫你『狗狗同學』，是因為你帶來的專用杯。那是狗狗的圖案吧？所以沒見過深町同學的研究生說『最近架上多了個可愛的狗狗馬克杯耶！』『總之就叫他狗狗同學吧。』，擅自幫素未謀面的學弟妹取綽號。別生氣啦。」

「……呃，那個，我是無所謂……」

「順帶一提，深町同學還沒帶專用杯過來的時候，大家就說『最近訪客用的大佛馬克杯被拿出來用了耶。』『是新客人啊，總之就叫他大佛吧。』，用『大佛同學』稱呼你唷。」

「……真慶幸我有帶專用杯過來。」

不知為何，這個研究室都拿迷幻大佛圖案的馬克杯給訪客使用。前陣子尚哉也毫無理由地被迫使用那個杯子。

丸子頭的女學生說：

「我是碩士課程二年級的町村唯！你就叫我小唯學姐吧！」

說完，她微微一笑，瞇起眼睛時真的很像傳統工藝人偶。真想把她放在櫃子上當擺飾。

瑠衣子起身說道：

「彰良老師被教務處叫過去，暫時出去了。我想應該不會去太久，要不要坐在那裡等他？我倒杯咖啡給你。」

「啊，不用，我不是特地來找高槻老師的，只是來還書。」

「啊啊，是嗎？待會還有課嗎？」

「有一節空堂，之後還有課。」

尚哉將書放回書櫃並這麼說，瑠衣子露出「什麼嘛」的笑容，從架上拿出尚哉的杯子。

「那在這裡休息不就好了？來，坐坐坐。」

在瑠衣子的笑容攻勢下，尚哉在摺疊椅坐了下來。

唯則從放在一旁的生協塑膠袋中拿出幾包零食。

「來，挑個喜歡的吃吧～！學弟可以跟學姐蹭一頓飯喔！」

「喔，謝謝……」

在唯的熱情推薦下，尚哉先將小包裝的柿種花生拿到手邊，結果唯將其他零食堆到尚哉面前，像是在說不用客氣。呃，塞這麼多給我也吃不完啊。

這麼說來，今天是尚哉第一次在這個時間點造訪研究室。以往從沒見過瑠衣子以外的研究生，單純是因為時間錯開了吧，所以他才不知道自己被取了「狗狗同學」這個綽號。

這時房門開啟，高槻走了進來。

「我回來啦——咦？深町同學也在？難得在這個時間看到你呢，有什麼事嗎？」

「啊，我只是來還書……本來是這樣啦。」

「沒事吧？你一臉被大姐姐寵愛過頭坐立難安的樣子耶。」

看著渾身不自在的尚哉，高槻苦笑起來。

「瑠衣子同學、唯同學，不能過度調戲深町同學喔，畢竟他還沒加入我們的研究室。還有，深町同學不喜歡吃甜的。」

「咦～反正他遲早會加入彰良老師的研究小組吧？」

聽到尚哉不吃甜食，唯就把準備遞過去的巧克力球收了回來，改拿出一包鹽味仙貝。看來那個生協袋子裡全都是零食。

「呃，我還沒決定耶……」

尚哉婉拒了唯遞過來的仙貝並這麼說，讓唯驚訝地眨起眼睛。

「什麼～你不是都帶專用杯過來了嗎～？」

「……我是因為打工才常來這間研究室。」

「可是可是，你都願意當彰良老師的助手了，表示對民俗學有興趣吧？加入高槻小組嘛～！很好玩喔～？」

大學生在二年級時要決定主修，四年級加入研究小組。尚哉沒什麼特別想學的領域，只是選了覺得最適合自己的文學院，還沒決定未來要主修哪個。不過在今年度上過的課程中，最讓他感興趣的確實是高槻的課。

唯拚命招攬尚哉加入高槻小組，還想繼續塞其他零食給他，讓尚哉傷透腦筋。於是高槻再度苦笑著說：

「不好意思啊，深町同學。我的研究室基本上都是女學生，所以大家都對學弟非常飢渴，很想照顧小男孩呢。」

「呃，怎麼會對這種事飢渴……哈啾！」

他又打噴嚏了。

唯立刻掏出面紙拿給尚哉，是跟傳單一起放在生協門口，證照補習班的面紙。

「狗狗同學，你感冒啦？來，給你，不介意的話就拿去用吧～」

「……謝謝妳……但麻煩不要叫我『狗狗同學』……」

尚哉心想今天到底拿了幾包面紙啊，總而言之能拿的就先拿吧。畢竟這陣子應該會用掉很多面紙，因此尚哉心存感激。

將尚哉的咖啡倒好後，瑠衣子轉頭看著高槻問：

「彰良老師，你要喝熱可可的話我可以幫你泡。要喝嗎？」

「謝謝妳，瑠衣子同學。如果可以放點棉花糖在上面，我會很開心唷！」

「是是是～我知道了～真是的，喝這麼甜怎麼還不會胖啊……」

瑠衣子伸手拿取那包 VAN HOUTEN 可可粉。後半句聽起來有點像自言自語。

唯的視線飄向高槻手上的資料。

「咦？彰良老師，那是青和祭的傳單嗎？」

「啊啊，嗯。好像還不是正式版本的傳單，但教務處拿給我確認。我好像臨時要參加青和祭的脫口秀。」

「咦咦咦？怎麼回事啊～」

唯瞪大雙眼。

高槻在尚哉對面的椅子坐下，將手裡的傳單放在桌上。

傳單上的內容是活動當天的行程表。似乎有幾場邀請藝人表演的脫口秀和現場錄製的廣播節目，也詳列了時間與地點。

「我要參加的是這一場。」

高槻指的是第二天下午在中庭特設舞臺舉行的節目——「青和大學畢業的人氣女演員・藤谷更紗脫口秀」。藤谷更紗是經常在電視劇和電影曝光的女演員，特徵是眼角微微上揚的大眼睛，非常漂亮。雖然近期較少擔綱主角，卻都是相當重要的角色。

唯向桌上探出身子，雙眼閃閃發亮。

「什麼～這不是藤谷更紗嗎？我很喜歡她耶！好好喔～彰良老師可以近距離看到更紗！——咦？但這種脫口秀的主持人通常會找外面的主播，或由營運委員擔任吧，為什麼會是彰良老師呢？」

「應該會有其他主持人吧。我負責與藤谷小姐對談，是昨天藤谷小姐的經紀公司忽然告知的。聽說藤谷小姐之前看過我參演的電視節目，指名要跟我對談，說我們年齡也相近，請務必賞臉。」

「咦，藤谷更紗不是才二十幾歲嗎？……啊，真的耶～網路上說她三十一歲。哇～她出道的時候還在這間大學就讀呢。」

唯用手機瀏覽更紗的維基百科並這麼說。

端著咖啡和熱可可回來的瑠衣子，從旁邊盯著唯的手機看。

「啊啊，沒錯沒錯，從五千人的試鏡中脫穎而出，直接被選為主角的就是她吧？我很喜歡她的出道作電影《在森林沉睡》呢。」

「啊～我也看過那部！記得她是演無法說話的角色！」

「對對對，沒有任何臺詞，全靠表情展現情感，真的很厲害。但近期都沒有拿到好角色……而且她最近還走『神祕美女』路線。」

瑠衣子苦笑著說。

唯一臉驚愕地看著瑠衣子。

「咦？我剛剛說了什麼奇怪的話嗎？」

「嗯～可能沒這麼誇張啦。喏，妳沒看嗎？她以來賓身分參加前陣子播出的綜藝節目時，忽然說『自己有靈能力』，結果被大家調侃。在那之後，只要上綜藝節目，她就一定會聊到靈異話題，還被冠上『靈能力女演員』的稱號——指名要跟彰良老師對談，也是因為老師是研究怪談的學者吧？」

「誰知道呢。經紀公司只說是藤谷小姐的要求。」

高槻從瑠衣子手中接過熱可可的杯子這麼說。

「畢竟沒有規定女演員不能對怪談感興趣，有這個機會跟她對談，我覺得很開心，也很喜歡她的出道作……咦，深町同學怎麼了？難道你討厭藤谷更紗嗎？」

高槻看向尚哉，疑惑地歪著頭，似乎發現尚哉微微皺眉的模樣。他的觀察能力還是那麼仔細。

尚哉將視線落在拉到手邊的馬克杯裡的咖啡，接著回答：

「也不是討厭啦，但『有靈能力』這種說法，讓我不太舒服。」

「啊啊，難道深町同學也看了那個節目？」

「不，沒看過……我不喜歡綜藝節目。」

他很討厭一大堆藝人七嘴八舌聊天的節目。大部分藝人都會說得滔滔不絕，瞎編一堆故事，想要博取笑聲。或許這一切都是讓節目更精彩的努力，但他們嘴上說的依舊是謊言。

所以這類型的節目是尚哉的罩門。他受不了和笑聲相互交織的扭曲聲線，通常都會馬上轉臺。

他覺得藤谷更紗的靈能力話題，或許也是博取關注的一種方法。但尚哉沒有實際聽過她的聲音，所以無法斷言。

「在電視節目上聊這種話題，感覺就很可疑啊……如果真的有靈能力，應該不會大肆對外宣傳吧？」

尚哉喝了一口苦澀的咖啡這麼說。

如果是自己一定不會說出去，不想被外人發現有異於常人的能力。就像這對耳朵的力量，他也想要極力隱瞞。

但唯的意見似乎跟尚哉完全相反。

「咦～但如果是我可能會跟別人說耶，看得到幽靈感覺很特別又很酷啊。好想要靈能力喔！」

「的確～如果真的有幽靈存在，好想看見一次看看喔。我完全沒有靈能力，有點羨慕看得見的人。」

瑠衣子再次點點頭這麼說。

「咦？學姐，妳們都想要靈能力嗎？」

「這個嘛，隨時隨地都看得見應該滿不舒服的。但針對有陰陽眼的人的撞鬼經驗進行研究，感覺很有趣呀？只是就算寫成論文發表，首先『真的看得見』這部分就很難證明了。」

尚哉不經意這麼一問，瑠衣子便用滿不在乎的笑容這麼回答。對未來想跟高槻一樣成為學者的瑠衣子來說，是否有靈能力或許也是需要考量的因素之一吧。

高槻輕輕聳肩笑道：

「簡單來說，關於擁有特殊能力這一點，你們的想法有正面和反面的差別呢。畢竟會來我研究室的孩子都很喜歡鬼故事嘛。這些人都覺得如果有幽靈真想見識看看，才會變成這樣。」

「……這麼說來，高槻老師也是想看見幽靈這一派呢。」

「嗯，因為我本身沒有靈能力嘛。深町同學，你是不想看見那一派嗎？」

「可以的話，我不想看到那種東西……」

這時，尚哉忽然覺得有股強烈的寒意竄過背脊。

這裡——當然不可能有幽靈，尚哉也沒有靈能力。

「……哈啾！哈啾……啊，對、對不起……」

尚哉連續打了兩個噴嚏，拿出唯剛才送給他的面紙擤鼻涕。

「深町同學，你果然感冒了吧？臉有點紅耶。」

高槻說完就將手伸過來，似乎要幫尚哉測量體溫。

尚哉彷彿要躲開他的手般站了起來，開始整理包包。

「那個，傳染給大家也不太好，我先走了。謝謝你們招待的咖啡。」

尚哉準備離開研究室時，高槻對他說道：

「不要硬撐，不舒服就早點回家吧——啊，深町同學，等一下。」

被高槻叫住後，尚哉回頭一看，只見高槻起身拿出個東西給他。

「來，給你，帶在身上吧。」

是面紙。

站在高槻身邊的瑠衣子和唯，也各自拿出一包面紙給尚哉。

尚哉的包包已經裝滿別人送的面紙了。他往裡頭又塞進三包新的面紙，在「保重喔。」「暖暖身子早點休息。」等眾人的關切聲中，步履蹣跚地走出高槻的研究室。

那天晚上，尚哉乖乖聽從建議，暖完身子早早入睡。

但隔天早上起來，他依舊不停打噴嚏流鼻水。雖然覺得有點發燒，但這個家裡似乎沒有體溫計，順帶一提連藥品都沒有。尚哉從今年春天開始在外獨居，這是第一次身體不舒服。

由於週二第一堂是必修的外文課，尚哉決定至少這堂課要出席，於是在超商買完口罩後就去大學上課。第二堂以後就自主停課回家，直接上床睡個痛快——入夜後他口渴而醒過來時，才終於有種「啊，可能不太妙」的感覺。

他覺得在發燒，也出現嚴重的畏寒症狀。因為上完外文課後就立刻回家睡覺，所以忘記去藥局買體溫計跟藥了。

打噴嚏的症狀似乎緩解了，但鼻塞非常嚴重。一想擤鼻涕，耳朵內部就有種被緊緊擰絞的感覺。他再度心想這下糟了，喝了一點水，再用手機查詢附近的醫院。確認車站前有內科診所後，決定明天一早去就醫，便再次躺回床上。

——到了隔天早上。

因為喉嚨又變得乾渴，所以他在鬧鐘響之前就早早起床了。從床上起身時頭痛欲裂，彷彿有人在腦袋裡用鐵鎚猛敲一樣，但雙耳卻更加疼痛。如果是漫畫的話，耳朵的疼痛程度應該會被加上劇烈抽痛的粗體特效。

怎麼回事啊——尚哉疑惑地將兩腳往床下放，站了起來。

結果他的腳忽然絆了一下，渾身無力到連自己都嚇一跳的地步，還覺得這間套房正在天旋地轉，全身上下像火爐一樣熱燙無比。

「呃……這樣不行啊……怎麼辦……」

尚哉自言自語著，好不容易走到廚房流理臺喝了點水。這時耳朵又開始劇烈抽痛，讓他不禁縮起身子。這是他第一次出現耳朵疼痛的感冒症狀。

心想得去醫院才行，卻連能不能離開房間走到車站前都沒把握。渾身無力的原因或許是昨天以來就沒有好好吃過飯，但一點食欲都沒有。儘管如此他還是覺得該吃點東西填填肚子，於是打開冰箱翻找，偏偏這時候又沒有做好的常備菜。好不容易找到一顆番茄，他用水清洗後直接啃完，再搖搖晃晃地躺回床上。

尚哉將自己鑽進毛毯，抬頭看著天花板時，他忽然意識到——啊啊，原來一個人就是這種感覺。

自從能辨別謊言後，尚哉跟父母之間就出現某種緊張關係。話雖如此，以前住在老家時，只要他病了父母還是會帶他去看醫生，照顧他的病情。

可是如今，已經沒有人會像這樣無微不至地關心尚哉了。

如果打通電話回家，他覺得母親可能會趕過來，畢竟橫濱和東京都心不算太遠，但尚哉實在不想跟他們聯絡。當初確定要在外獨居時，就已經決定盡量不要依靠家裡了。

然而這種時候，除了老家以外，尚哉也沒有人可以聯絡。

「……原來如此，人或許就是這樣孤獨死的吧……」

尚哉不經意說出讓人笑不出來的玩笑話。偶爾會自言自語的習慣，也是從一個人住之後開始的吧。

算了，應該不會一個小感冒就死掉吧。沒事的，只要多休息一會就會輕鬆一點。尚哉在心中說著這種毫無根據的言論，在毛毯裡摀著耳朵縮起身子。

放在枕邊的手機響了，尚哉才醒過來。

是一通來電，螢幕上顯示著高槻的名字。

這麼說來今天有高槻的課。尚哉看看時間，發現正好下課了。尚哉心想第一次蹺了高槻的課，迷迷糊糊地看著螢幕上高槻的名字。到底是什麼事呢？

最後，尚哉終於輕觸螢幕接起電話。

「……喂？」

『啊，深町同學！抱歉忽然打給你。』

他聽見高槻一如往常的聲音。

由於耳朵再次抽痛，尚哉把手機拿遠了些。

『深町同學？——深町同學，你有在聽嗎？喂，你還好吧！』

「……對不起，我狀況不太好……好像真的感冒了。」

尚哉發現自己的聲音變得沙啞，心想這種聲音高槻聽得清楚嗎，才把暫時拿遠的手機拉了回來。

「那個……所以，如果要談打工的事，我暫時沒辦法接……」

『在胡說什麼，不是啦！我不是要找你打工，是因為擔心才打給你！』

聽到高槻回答的聲音帶了點怒氣，尚哉有些疑惑。

『你今天沒來上課吧，明明每次都會準時出席啊。你週一來研究室時好像就不太舒服了，我才擔心是不是出了什麼事。而且試著追溯昨天和今天的記憶，發現完全沒有在校園裡碰見你。你週二下午應該還有課，週三上午也幾乎都會在學校裡，所以一定會在某個地方遇見才對！我就在猜你可能沒來學校。』

高槻這麼說。尚哉用燒到昏昏沉沉的腦袋想著，對喔這個人有超憶症。

高槻的記憶力異常優秀，加上視力又好，可以將映入眼簾的所有景象直接化為鮮明的圖像記在腦子裡。這些記憶似乎能在日後自由倒帶重播，還能針對細節進行特寫處理。

尚哉心想「有這種難得一見的能力，拜託別用來確認我的所在位置」，同時說道：

「週二我只去上第一堂課……之後就馬上回家了。雖然一直昏睡，症狀卻越來越嚴重……耳朵很痛。」

『耳朵？——記得你是一個人住吧？有去看醫生嗎？有沒有發燒？』

「本來想去醫院，但沒力氣出門……沒量體溫，家裡沒有體溫計……藥也忘記買了。」

『全都是獨居在外常見的慘事耶。』

高槻在電話另一頭嘆了口氣，尚哉自己也這麼認為。

經過幾秒的沉默，高槻再次開口說道：

『——好吧，我現在過去。你住哪？』

「……什麼？」

『我問你住在哪裡。我在附近的藥局買完東西後馬上過去。』

「咦……不用啦，我沒事。」

『就說你聽起來根本不像沒事啊！欸，深町同學，你不知道自己現在講話的聲音有多可怕吧？』

被高槻破口大罵後，尚哉才勉為其難地說出自己公寓的地址。高槻再次叮囑「知道了，我立刻過去」後，就掛上電話。

看樣子高槻是真的要過來。他應該沒有這種閒工夫吧。

尚哉盯著變黑的手機螢幕好一會，再次將臉埋進枕頭。

「……何必這麼麻煩。」

尚哉低聲嘟噥，翻了個身。這時耳朵忽然劇烈疼痛，於是他縮進毛毯中閉上眼睛。腦袋暈呼呼的，體內好像有股微弱的火焰不斷燒灼。

多久沒發燒了呢？

他並不是經常感冒的體質，可是一旦生起病來，症狀通常都會很嚴重。

就像那個時候一樣。

十歲的暑假。

當時待在位於長野的祖母家，在夏天得了感冒，連續好幾天都高燒不退。到了期待許久的祭典那一天，也遲遲不見好轉。

於是他在深夜裡聽見了太鼓聲。

以為祭典還沒結束，一個人跑出祖母家，就這麼被「咚、咚、咚咚」的太鼓聲呼喚而去。

像這樣閉上雙眼，就會想起當時的情景。

當天晚上見到的景象，在眼瞼後方鮮明地浮現而出。

綿延不絕的藍色燈籠，宛如飄浮在黑夜中的鬼火。廣場正中央搭建了一座高臺，旁邊圍了兩三圈人，搖呀晃地跳著盆舞。每個跳舞的人臉上都戴著面具，完全看不出是誰。有狐狸面具、貓咪面具、老翁面具、天狗面具。因為亡者的臉絕對不能被看見，所有人都用面具遮掩臉龐。

啊啊，我也得趕緊戴上面具才行。

要是被亡者看到臉就糟了，一定會被帶走的。

尚哉這麼想，卻到處都找不到那天夜裡戴在臉上，堂哥買給他的那個戰隊英雄面具。此刻他才明白，當天晚上就是那個面具保護了自己。面具遮住他的臉，自己的身分才沒有被現場那些陌生的亡者發現。

可是，如今尚哉找不到可以遮掩臉部的東西。

圍著高臺跳盆舞的人群不知不覺混亂起來。

戴著面具的亡者紛紛靠近，彷彿要將尚哉團團包圍。

戴著猴子面具的浴衣男人，默默地向尚哉伸出手，尚哉驚慌失措地逃開。這時有人從後方抓住他的肩膀，回頭一看，竟是一個戴著怨靈面具的和服女性。緊扣在尚哉肩上的纖細手指蒼白又冰冷，像木棍一樣堅硬。

好不容易掙脫那隻手後，尚哉在戴面具的亡者之間尋找祖父的身影，當時帶他去支付代價逃離現場的祖父。可是到處都找不到戴著火男面具祖父的蹤影，期間仍有無數隻手伸過來。

最後尚哉還是被逮到了。渾身上下都被揪住的他倒向地面，拚命地掙扎。不要，好恐怖，想哀號卻發不出聲音。那些亡者從上方欺壓而上，每張臉都緊盯著他瞧。老奶奶面具、狗面具、阿多福面具。尚哉看著遠方的深藍色夜空，以及綻放冷冽光芒的成排藍色燈籠。「咚、咚、咚、咚咚」，耳邊只剩下太鼓的聲音。「咚、咚、咚咚，咚、咚、咚咚」……——

「——……深町同學！」

高槻的聲音忽然傳來。

尚哉猛地睜開眼，看見房間的天花板，看來自己不知不覺昏睡過去了。一想到剛才那些經歷只是一場夢，就由衷鬆了一口氣。

但這個時候，他又聽到「咚、咚、咚咚」的聲音，嚇了一大跳。

又聽見夢裡那陣太鼓聲了。

不——不對。

這個「咚咚咚」的聲響，是有人在敲打尚哉的房門。

「深町同學、深町同學！深町同學，你沒事吧！」

那個人不是別人，就是高槻。

尚哉急忙下床，卻忽然雙腿一軟，用差點跌倒的步伐走向玄關。明明有門鈴，不知為何高槻卻不斷敲門。

「深町同學？深町同學、深——」

「——……老師，你會吵到鄰居。」

尚哉好不容易走到玄關打開房門，就看到高槻一臉著急地站在門外。他穿著灰色大衣和藍色圍巾，手上提著大大的藥局塑膠袋。

看到尚哉的那一瞬間，高槻就說：

「啊啊，太好了，深町同學還活著！因為你一直沒來應門，我差點就要踹門而入了呢！」

真希望他別用這麼驚恐的表情說些危言聳聽的話。而且高槻真的有可能做出這種事，所以才恐怖。這人明明有一張高雅紳士的面孔，沒想到卻是個格鬥派。

「你太誇張了啦……好痛……」

「深町同學！」

尚哉摀著耳朵當場癱坐下來，高槻連忙上前攙扶。

高槻直接將手放上尚哉的額頭。

「果然燒得很嚴重！我把體溫計買來了，趕快量一下！」

高槻攙扶著尚哉的肩膀，將他帶到床邊。

接著，高槻讓尚哉躺進棉被裡，並把體溫計拿給他。尚哉乖乖地將體溫計夾在腋下，迷迷糊糊地抬頭看著高槻。

因為先前一直在昏睡，所以尚哉沒戴眼鏡。不過他的視力本來就不算太差，所以可以清楚看見高槻的面容。

這個人為什麼要露出焦急萬分的表情？尚哉這麼想，並開口說道：

「……你連口罩都沒戴，要是被傳染了我可不管。」

「別擔心，我買來了。」

說完，高槻就從藥局袋子裡拿出口罩戴上。尚哉心想，要在進房間之前戴上才有意義吧。

這時，高槻像是忽然想起什麼似的，脫下大衣的同時沮喪地皺起眉頭。

「……那個，對不起，深町同學。」

「咦……？」

「我明明說會馬上過來，卻花了不少時間，真對不起。要是深町同學在我趕來的路上死掉怎麼辦，真的很擔心……」

「就說太誇張了……」

尚哉這麼說，也發現外面的天色暗了一些。

看看時鐘，距離高槻打來的時間又過了將近一個半小時。尚哉的住處跟大學相隔一站，從車站走過來只要十分鐘。高槻確實花了不少時間。

「……老師，其實你很忙吧？那何必勉強來一趟呢……啊！難不成路上遇到鳥，在某個地方昏倒了吧！畢竟這個車站前面有很多烏鴉跟鴿子。」

尚哉覺得這個可能性很大，忍不住從床上撐起身子。

高槻很怕鳥。只要一看到鳥，有時候甚至會失去意識。

但高槻往尚哉肩膀一推，讓他重新躺回床上後，才有些尷尬地說：

「不是啦，你誤會了。會這麼晚到是因為……那個，我不認得路。」

「……啊。」

尚哉完全忘記了。

高槻不會看地圖，所以在初次前往的地點一定會迷路。

這似乎是超憶能力帶來的缺陷。映入眼簾的資訊太過詳細，地圖又太過簡略，所以在腦海中根本無法對照。尚哉只告訴高槻地址讓他自己走過來，難怪會找不到尚哉的住處。

尚哉覺得越來越無力，於是把臉埋進枕頭裡。

「……所以不必勉強過來啊……」

「怎麼能放著你不管呢？」

「一般的大學老師，根本不會因為學生感冒就特地殺到家裡嘛……你到底為什麼要來啊？」

這時傳來一陣電子音。高槻伸出手，擅自從尚哉腋下抽出體溫計，看了數字一眼就皺起眉頭。

「三十八度八啊。你好像沒有咳嗽症狀，應該不是肺炎。我猜可能是流感——但你說耳朵會痛對吧。我的聲音聽起來跟平常一樣嗎？」

「……這麼說來，聽力確實怪怪的。右耳好像聽不太清楚……而且還很痛。」

「是嗎？大學附近的耳鼻喉科看診到晚上七點，去那邊看看吧。」

「耳鼻喉科……？我是感冒耶……？」

「你應該是感冒引發了中耳炎，所以才會發高燒。」

「什麼……」

尚哉小時候得過中耳炎，不過印象中沒有燒得這麼嚴重。

但一臉嚴肅的高槻，再次翻找藥局袋子並說道：

「長大後罹患中耳炎很可怕喔。我以前也得過，當時體溫高到很離譜非常難受，嘴裡真的只剩下『耳朵好痛』這句話。還有，我先警告你，人類有時候會因為區區小感冒而喪命喔。」

高槻拿出退熱貼，貼在尚哉額頭上繼續說：

「當時是阿健來照顧我，可是深町同學身邊沒有阿健，所以我就過來了。」

高槻這麼說，語氣一副理所當然的樣子。

尚哉用手指壓了壓貼在額頭上的退熱貼。或許是發燒的緣故，感覺眼前的景象不太真實。他還沒習慣平常只有自己一個人的房間裡，高槻居然也在的事實。但這一幕並非夢境的證據，就是燒得熱燙的額頭被貼上退熱貼後帶來的冰涼舒適感，於是尚哉再次迷迷糊糊地抬頭看向高槻。

「……對了，老師。剛才。」

「嗯？什麼？」

「剛才……為什麼要直接敲門啊？明明有電鈴啊。」

「因為我按了好幾次電鈴，你都沒應門啊。」

「啊啊……可能是睡著了沒聽見吧。可是也不必因為這樣就敲門啊……我一時還以為是太鼓的聲音。」

「太鼓？」

高槻發出疑惑的聲音。

尚哉心想，啊啊，他忽然聽我這麼說也一頭霧水吧，便繼續說道：

「那個，我……在老師來之前，好像……做夢了。」

「是嗎？做了什麼夢？」

「那天晚上的……祭典的夢。」

高槻閉口不語。

尚哉之前跟高槻說過自己的往事。所以光靠「那天晚上的祭典」這句話，高槻就能理解尚哉的言下之意。

「可是跟那晚不一樣的是，戴面具的那些人全都跑來攻擊我。明明人數非常多，卻沒有任何人開口說一句話，就只是沉默……只能聽見太鼓的聲音。但原本以為是太鼓聲，結果是老師的敲門聲。」

沒錯，剛才看見的是夢境，此刻才是現實。

尚哉想確認這一點，於是強忍耳朵從未停歇的疼痛繼續說道：

「當醒來發現是在做夢時，真的鬆了一口氣。因為夢裡的我已經不是小孩子，跟現在的樣子差不多……以為又誤闖了那場祭典。當我以為這次真的會被帶走時，真的……真的好害怕。」

因為尚哉十歲的時候也是高燒不退。

若把那場祭典視為亡者的祭典，當時自己之所以會被呼喚而至——或許就是因為當時已經在鬼門關前徘徊了。尚哉有這種感覺。

回想方才的夢境，尚哉心中再度湧現讓手指頻頻顫抖的恐懼。那場夢逼真得不可思議，連肩膀被抓住的感覺都相當鮮明。

或許那些亡者如今仍在那片昏暗的夜空下靜候尚哉到來。或許會繼續翩翩起舞，把尚哉喚到身邊來，不讓他有逃脫的機會。

「這樣啊，的確是很可怕的夢。」

高槻這麼說。

「沒關係，那畢竟只是一場夢，不用太擔心。我偶爾也會做惡夢。」

「老師也會……？」

「嗯。但深町同學的惡夢是源自於實際經歷，跟我不太一樣就是了。我的想像力營造出的——就只是夢境罷了。」

「……能告訴我是什麼樣的夢嗎？」

尚哉有些恍惚地抬頭看著高槻，開口發問。

高槻只是眼裡多了一抹無奈，語氣中並沒有厭惡之情。

「這個嘛，有好幾種——但通常都是背上裂開的夢。」

「背上……?」

「是啊。因為是在夢裡,所以感受不到疼痛。肌膚『啪哩啪哩』地裂開,血肉都毫不留情地飛濺而出……還有一對漆黑的翅膀,伴隨著『咯吱咯吱』的聲響從裂開的背上冒出來。」

高槻背上——有兩道陳年舊疤。

高槻小時候遭遇過神隱事件。

失蹤一個月後,他被人發現倒在路邊——雖然沒有生命危險,肩胛骨到腰骨的兩側皮膚卻被剝了下來。

看起來就像被斬去翅膀似的。由於發現地點是在京都鞍馬附近,高槻的母親認定他是被天狗綁架。

說他差一步就要變成天狗,卻被斬去羽翼放回人間。

眼睛的顏色會改變,記憶力突飛猛進,也是在那之後出現的狀況。

「我——蹲坐在自己流淌的血泊之中。因為是自己背上受了傷,照理說應該看不見才對,但畢竟是在夢裡嘛。而且身邊還落下了巨大的翅膀陰影,所以我才知道。我在夢裡不知所措,以為真的變成非人類,沒辦法再用這副模樣跟大家相處了……想到這裡,就覺得好悲傷,怕得不得了。」

高槻笑著說:「三十好幾的男人居然被夢嚇成這樣,感覺很糟吧?」

如同尚哉被囚禁在過去的陰影之中，高槻也被囚禁在自己的過去。

但高槻跟尚哉不一樣，完全不記得過去發生的事——或許這些只是他放任自己的想像力製造出來的各種惡夢。

「……做這種夢的時候，老師會怎麼處理？」

「嗯。會先沖個澡讓腦袋清醒過來，洗完後就覺得『啊啊，今天吃點好料吧』。」

「……真是單純。」

「用餐時感受到美味是一件很幸福的事嘛。」

高槻這麼說。

尚哉心想，啊啊，這個人真是堅強。

可能是因為高槻比尚哉多活了好幾年——是成熟的大人吧。

又或者是他只能用這種方式讓自己更堅強。

「啊啊，對了。深町同學康復後，我們就去吃你喜歡的東西吧。這麼說來，我沒問過你愛吃什麼呢。深町同學，你喜歡什麼食物？」

高槻用聽起來柔軟至極的溫柔嗓音這麼問。

尚哉老實回答：

「……江戶清的叉燒包。」

「江戶清？」

「是中華街的一家肉包店。味道比一般肉包更加濃郁，裡面放了大塊叉燒……麵皮口感也跟超商的肉包截然不同，非常好吃。」

「中華街啊。對喔，你是橫濱人嘛。好啊，那下次一起去吧。不過在這之前……對了，深町同學，你現在有食欲嗎？我猜你應該什麼都沒吃吧，要是去醫院之前吃得下，還是吃點食物墊墊胃比較好。」

「啊……聊到肉包的話題，好像有點食欲了……吃一點點，應該還行……」

「是嗎？那廚房借用一下。我買了即時調理粥和湯品，但機會難得，就煮粥給你吃吧。能吃的話吃一點點也好，之後再去醫院。」

說完，高槻就準備離開床邊。

尚哉對著他的背影說：

「老師。」

「嗯？」

高槻轉過頭。

「……那個……抱歉，給你添麻煩了。」

尚哉將自己半縮在毛毯裡含糊不清地說，高槻笑著回答：

「聽我一句勸，深町同學。你最好養成多依賴他人的習慣。」

高槻特地走回床邊，用寬大的手輕撫尚哉的頭。

「畢竟沒有人可以真的只靠自己走完這一生。遇到困難的時候，可以找個人依靠——要記住這個道理喔，知道嗎？」

「……唔。」

這種像在對小孩子說教的口吻，讓尚哉下意識躲開他的手，鑽進毛毯裡去。隔著毛毯也能猜到高槻露出苦笑。

平常那麼像孩子的一個人，剛才獨自前來時還迷了路，有時卻又會像這樣把尚哉當成小孩子。

不知怎地，尚哉有些不甘心，又往毛毯深處鑽了進去。

聽到地板傳來吱嘎聲，尚哉知道他這次真的離開床邊了。尚哉偷偷將頭伸出毛毯，發現高槻站在廚房冰箱前。他拿出雞蛋，在冷凍庫裡找到事先煮好冷凍的白飯，滿意地點了點頭。

尚哉不經意地盯著將水注入小鍋，開始煮水的高槻。

這間套房被外人造訪的次數，除了搬家業者之外，高槻是頭一個。

高槻說「遇到困難的時候可以找個人依靠」。

還以為再也不會有人關心自己了。

……還以為只剩自己一個人了。

廚房傳來水沸騰的咕嘟聲，以及溫熱的食物香氣。正在為自己準備餐點的人不是自己，而是其他人。這個事實讓尚哉莫名喜悅，甚至有種想哭的安心感。還是說，這果然只是一場夢？

高槻轉頭看向尚哉，一臉驚訝地問：

「深町同學？……耳朵這麼痛嗎？」

經他這麼一說，尚哉才終於發現自己真的流下眼淚，於是急忙重新鑽進毛毯裡……現在他索性希望這只是一場夢了。

印象中好像聽高槻說過平常不太下廚，但他煮的粥還滿好吃的。

話雖如此，尚哉還是只吃得下一點點。高槻說「剩下的之後再熱來吃就好」，就立刻叫計程車帶尚哉去醫院。

流感篩檢結果是陰性。之後尚哉被叫進診療室，就有一位仙風道骨的白髮醫生迎接他。醫生說「唉呀，你兩隻耳朵都有中耳炎呢，在鼓膜上開個小洞吧」，就強制把尚哉壓上診療用的椅子，轉眼間就將兩耳鼓膜切開再塞入棉花。由於暫時會出現化膿現象，必須勤換棉花才行。讓尚哉驚訝的是，原來在鼓膜上穿洞不會完全聽不見聲音啊。

治療完畢後，尚哉又被高槻帶回家，吃下處方藥就睡著了。

尚哉醒來的時候已經入夜，高槻也不見了。枕邊放有一張紙條，上面是高槻用娟秀的字跡寫著「明天再來看你，我把鑰匙丟進郵箱囉」。除此之外，枕邊還放著瓶裝運動飲料和杯子。

結果之後花了三天左右，尚哉才完全退燒。高槻連續兩天都有來關心他，第三天尚哉用「我已經沒事了」婉拒。就算高槻說可以找個人依靠，但依賴過頭也不是件好事。

過了一個週末，尚哉才總算能重返大學上課。診療後過了一週，尚哉再次到耳鼻喉科回診時，醫生只說：「嗯，復原得很順利。鼓膜暫時還沒有黏合，要注意別讓耳朵進水。」

然後青和祭就在當週五拉開了序幕。

幸好青和祭第一天不用上課，尚哉就在自己房裡好好休息。

但到了第二天早上，他想到之前跟難波約好要去社團攤販買可麗餅。印象中難波有說他是第二天下午負責顧攤。

既然約好了那就得去。穿上牛角釦大衣再圍上毛線圍巾後，尚哉踏著還有些蹣跚的步伐往大學走去。

當他抵達校園時，就被人山人海的盛況震懾住了。

似乎也有校外的客人來訪，現場很多穿制服的高中生和看似上班族的人。歡騰的音樂響徹四方，通知活動時刻表的廣播也從未間斷。校門到中庭有一整排攤販，攬客及吆喝的聲勢也十分驚人。

「要不要來份泰式炒河粉～現在有特大碗優惠！通關密語是『特大大大』！」

「第二校舍二〇一教室正在舉辦女僕&執事咖啡廳～！本日特別將男女逆轉，有帥哥女僕和美女執事等著你唷～！主人，歡迎回來～！」

「這裡有中國留學生特製的超辣乾拌擔擔麵唷～！保證好吃唷～現在還提供邊吃邊看手相的服務唷～那位看起來有點愁苦的小哥，要不要看個手相啊～！」

被四面八方而來的傳單和攬客人員到處攻擊，尚哉心想，原來這就是大學校慶啊。就像難波之前說的，規模跟到高中為止的文化祭真的不一樣。

尚哉用手摸了摸耳朵。因為已經不再化膿所以沒有塞入棉花，但聽力尚未恢復完全，所有聲音聽起來都模糊不清。

由於醫生囑咐暫時別戴耳機，尚哉把平常隨身攜帶的音樂播放器放在家裡。不戴耳機走在這種人多的地方，總覺得靜不下心。

尚哉靠到路旁避開人潮，翻開在入口拿到的校慶場刊，尋找難波的社團。翻頁查看後，發現校舍裡有五花八門的店家和表演，但他今天只想吃完難波賣的可麗餅就速速回家。

就在此時。

「喂。」

尚哉聽到這個低啞的嗓音，發現有隻大手輕輕放在自己頭上。

他驚訝地轉過頭，就看見一名身形魁梧、頂著一張壞人臉的男人。

那人的眉毛俐落筆直，略微細長的眼中綻放出銳利的目光，鼻梁高挺，整體來說算是英勇剽悍的長相。但由於眼神太過凶狠，給人一種魄力十足的印象。他的身高連一七二公分的尚哉都必須稍微抬頭看，體型更是比高槻高大且壯碩。因為這樣的男人還穿著全黑大衣，說白一點，看起來根本就是黑道分子——但這個男人卻是警視廳的刑警。

佐佐倉健司，是高槻的兒時玩伴，尚哉也見過他幾次。高槻經常掛在嘴邊的「阿健」，指的就是這個人。

「你在這裡做什麼？」

「……別用偵訊的口氣問我好嗎……來自己大學的校慶有什麼問題嗎？才想問佐佐倉先生來這裡幹嘛呢，不用值班嗎？」

「對啊，這裡校慶攤的小吃攤都很好吃。而且今天有彰良跟藤谷更紗的脫口秀吧？」

「咦？難道你是藤谷更紗的粉絲？」

「算不上粉絲吧，頂多之前看過幾部電影而已。」

佐佐倉用本來就很恐怖的臉，狠狠瞪著尚哉這麼說。

「對了深町，你怎麼變得這麼憔悴？」

「唉，上週感冒引發了中耳炎。」

「真是軟弱。瘦了幾公斤？」

「我家沒有體重計，所以不清楚……大概是皮帶後退兩格的程度……？」

「瘦太多了吧，笨蛋。總之吃點東西吧，我請客。」

「……呃，那個，也不必拉著我走吧……」

佐佐倉將尚哉的手一把拽過來，走向攤販區。旁人看來可能以為尚哉是被綁架了吧，有幾個人好奇地轉頭查看，但佐佐倉還是若無其事地拉著尚哉走。

他們路過某個攤販時，難波正好就在裡面。難波也抬起頭看向尚哉。

「哦～深町！這不是深町嗎，你真的來啦！……不過，咦，你是要被帶去哪裡？誰啊那個大叔……呃，大、哥？」

「我們認識。」

看到佐佐倉抓著尚哉的手，難波頓時面部僵硬。佐佐倉則用氣勢凌人的嗓音這麼說。

難波在攤販裡抬頭看著佐佐倉可怕的面孔，緊張地吞了吞口水，再把視線轉向尚哉。看到他露出「確定不會出事？」的眼神，尚哉就舉起一隻手揮了揮，要他別擔心。他能理解難波的心情，畢竟佐佐倉的外表就是這麼冷酷。但他的個性一點都不恐怖，反而是個愛替人操心的好人。

難波的視線又在佐佐倉和尚哉之間游移一陣，才總算確定沒有危險。於是再度用有些僵硬的表情露出營業用笑容。

「這、這樣啊～！深町，你在帶朋友逛校慶吧，真了不起～！總之來試試我們的可麗餅吧，可麗餅！算我招待～！」

「……啊啊，嗯，我就是來吃可麗餅的。」

「真的嗎～！那稍等一下，我馬上做！深町就吃我之前說的，明太子大阪燒可麗餅加炒麵，灑滿海苔粉！呃，這位長相嚇人的大哥要吃什麼？」

「長相嚇人這句話就不必了……我想想，就這個吧。」

「巧克力香蕉特製款嗎？了解，謝謝惠～顧～！」

「謝謝惠～顧～！」

接下訂單後，難波和其他在攤販裡的社團成員就氣勢磅礡地喊出聲來。這種氣氛根本不是可麗餅攤，反倒更像居酒屋。

最後難波做出來的，是比當初聽說的還要有份量感的可麗餅。把加了明太子的廣島燒用可麗餅包成圓錐形——這麼形容可能比較好理解吧。尚哉心想這是哪門子可麗餅啊，並在難波的目送下離開了攤販。

「你朋友真有活力。」

佐佐倉用龐大的身軀擠開人潮並這麼說，他手上的可麗餅看起來也很驚人。與其說是可麗餅，倒不如說像聖代。裡頭塞滿卡士達醬和一整根香蕉，上面疊有鮮奶油和香草冰淇淋，香蕉切片如花瓣般散落其上，還淋了巧克力醬。

尚哉抬頭看著邊走邊用嘴巴靈活地咬下香蕉吃的佐佐倉，接著說道：

「原來佐佐倉先生也會吃這種東西啊。還以為只有老師是螞蟻人。」

「跟彰良認識久了，我也變得越來越嗜甜。那個社團賣的可麗餅，每年CP值都高得離譜。塞在可麗餅裡的食材多到不行，真虧他們只收那種價錢，感覺還不賴。」

「哇，居然比我還了解青和祭……」

說著說著，尚哉也咬了一口自己的可麗餅。雖然九成都是大阪燒的味道，但包在外層的可麗餅皮的淡淡甜味，和醬汁與海苔粉的味道意外搭配。原以為是很噁心的東西，結果味道還不錯。

「佐佐倉先生，在場刊附的美食競賽投票單填上剛才那個社團吧。他們今年似乎很想奪冠。」

「什麼？評價得公平公正吧，別投友情票。」

「呃，投個票而已，幹嘛這麼認真……」

這時，特設舞臺那邊變得熱鬧起來。

喇叭傳出喧鬧無比的音樂，舞臺上的巨大螢幕閃爍著光芒。中庭裡的人紛紛轉頭望去，看來是脫口秀表演開始了。

隨後，一名女性拿著麥克風走上舞臺。她的長相很眼熟，可能是電視臺的主播吧。這名女性笑盈盈地說：

「讓各位久等了！藤谷更紗的脫口秀即將開始！讓我們掌聲歡迎青和大學畢業的超人氣女演員，藤谷更紗小姐！」

音樂變得更大聲了。

但首先在舞臺上登場的人並非更紗，而是高槻。他像平常一樣高雅地穿著西裝，帶著滿臉笑容往舞臺側邊伸出手。

舞臺側邊也出現一隻纖瘦的手臂，輕輕握住高槻的手。

藤谷更紗現身後，現場傳來一陣歡呼。

更紗穿著黑白千鳥格紋的大衣。由於剪裁完全貼合身形，看起來已經不像大衣，而是小洋裝了。被黑色絲襪包覆的腿型纖細又完美，緊實收束的腰線偏高，一頭烏黑長髮從背後流瀉而下，頭也小得驚人。「洋娃娃」這個形容詞用在她身上再貼切不過，根本看不出已經三十一歲了。她的美貌遠比電視上看到的更為驚豔，身上散發著讓人移不開眼神的光芒。

走上舞臺時，更紗帶著靦腆笑靨向觀眾席揮揮手，高槻也動作自然地將她護送到舞臺設置的椅子旁，走在藝人身邊也毫不遜色的身姿令人嘆為觀止。尚哉身邊的女高中生也低聲說著「咦？那個男人是誰，演員嗎？」尚哉能理解她們的心情。

高槻和更紗入座後，女主持人再次開口：

「容我再次介紹，這位是女演員藤谷更紗小姐。而方才這位貼心護送藤谷小姐至舞臺上的人，是青和大學文學院歷史系的副教授，高槻彰良老師。今天就麻煩兩位了！——高槻老師，像這樣近距離看到藤谷小姐，您有什麼想法呢？剛才您引導藤谷小姐的時候表情也很從容，兩位今天是第一次見面吧？」

「沒錯，是第一次見。」

女主持人將話題拋過來後，高槻便拿起麥克風回答。

「女演員跟普通人的比例尺真的不太一樣。」

「比例尺？什麼意思……」

「唉呀，不論是頭部大小，還是身材纖細程度，真的都差太多了。像這樣見到本人，比在電視或電影上看到的還要漂亮。各位也這麼認為吧？」

高槻對擠滿中庭的人說道。

更紗說了句「討厭啦」，自己也拿起麥克風。

她用在電視上聽過好幾次，獨具風格的中低音說：

「說到高槻老師，身材和臉蛋完全就是藝人等級嘛！真想問為什麼還在大學教書呢，幫你向經紀公司引薦吧？」

「妳問為什麼啊，因為比起在攝影機前面念臺詞，我更適合研究錢仙或裂嘴女這些都市傳說吧。」

高槻面帶微笑地說，中庭的觀眾就哄堂大笑起來。可能是平常就習慣拿麥克風在許多學生面前說話，他一點也不緊張。

聽到女主持人開始介紹更紗的經歷和代表作品時，尚哉在想要什麼時候回去。他決定先在這裡待到把手上的可麗餅吃完，但那個時候更紗或許就會聊到靈能力之類的話題。那些話一定是假的，現在的身體狀況聽到扭曲的聲音，想必會很不舒服。

但難波做的特製可麗餅份量實在太多，尚哉還沒吃完，更紗的介紹就告一段落，脫口秀也正式拉開序幕。

「聽說今天的脫口秀，是藤谷小姐指名要跟高槻老師對談。藤谷小姐，您為什麼要選高槻老師呢？」

「當然是因為高槻老師是個完美型男呀！」

更紗這麼回答，觀眾席又爆出一陣笑聲。

「這是原因之一啦，不過我個人對高槻老師研究的內容非常感興趣。老師，您是專門研究都市傳說或怪談吧？」

「對，沒錯！」

高槻露出黃金獵犬般的笑容，點頭如搗蒜。

更紗也點頭回應「這樣啊」，稍微探出身子靠近高槻。

「我真的很想請教高槻老師的看法，老師您認為幽靈真的存在嗎？不管是以學者的立場，或是高槻老師個人的立場回答都可以。」

「這個嘛，很遺憾我也從來沒見過幽靈這種存在，所以無法斷言。」

高槻的臉被放大投影到舞臺螢幕上，繼續回答：

「說到底，要為『幽靈』定義也並非易事。在民俗學的世界中，經常爭論妖怪和幽靈的相異之處。柳田國男說的『妖怪有地點限制，幽靈沒有』、『妖怪不挑對象，幽靈則會讓特定對象體會到自己的存在』、『幽靈是在丑時三刻現身，妖怪是在黃昏逢魔之時現身』這些定義已經過時了。只要比較兩者在眾多怪談中的表現，就會發現兩者在地點、時間和對象方面都沒有受限。那麼，妖怪和幽靈的差別在哪裡呢？一言以蔽之，大概就是幽靈會以亡者生前的模樣顯現吧。」

高槻用輕柔悅耳的美聲，以平常上課的態度滔滔不絕地說。這樣就變成高槻一枝獨秀的舞臺了。明明是藤谷更紗的脫口秀，不知不覺卻變成了高槻的上課時間。

「但這種說法其實不盡完美，而且也有無法界定為妖怪和幽靈的事物。『產女』這個妖怪很有名吧。相傳在平安時代末期編纂的《今昔物語集》第二十七卷第四十三話中提到『賴光家臣平季武撞見產女』，據說是產女故事首次出現的記錄。但在總結『渡河時被產女逼迫幫忙抱孩子』的怪異現象時，有人認為是由狐狸幻化而成，有人認為是女人難產而死化成的怨靈。如果是狐狸的化身，那就算是妖怪吧。但如果說是死去女人的怨靈，就還是要當成幽靈看待。」

「換句話說，幽靈和妖怪是無法區分的嗎？」

「不是無法區分，而是要看那個人有沒有見過幽靈。」

聽到更紗的疑問，高槻如此答道。

「假如那邊站著一個乍看之下就像幽靈的東西。」

高槻指著女主持人這麼說，女主持人驚訝地用食指指著自己的臉說：「咦？是在說我嗎？」

高槻笑著回答「只是假設而已」，並向更紗提問：

「那麼，藤谷小姐認為那是什麼呢？」

「咦？我想想……看起來就像幽靈的話，我應該會覺得是幽靈吧。」

「但以前特別是住在鄉下而非城市的人，就會覺得『啊啊，又是狐狸的化身』或者『是狸貓在作怪』。因為對他們來說，絕大多數的怪異現象都是狐狸搞的鬼。就算認同幽靈的存在，可是實際出現在眼前時，還是會覺得是『狐狸幻化成幽靈』，以現代人的觀點來看有點不可思議吧。不過，要用何種方式解讀某個怪異現象，確實會因人而異，也會受到那個人所屬的文化背景影響——啊啊，不好意思，您不必再扮演幽靈了，謝謝。」

高槻對乖乖模仿幽靈站在一旁的女主持人道謝後，她才將垂在身前的兩隻手放下來鬆了一口氣，於是觀眾又被她逗笑了。

站在尚哉旁邊的佐佐倉嘀咕道：

「喂，這是藤谷更紗的脫口秀吧？怎麼都是彰良在講話，這樣好嗎？」

「……畢竟是對方把話題拋給他的，觀眾也看得很開心。」

平常負責高槻常識擔當的兩人，用一言難盡的表情看著舞臺。舞臺上的高槻雀躍地繼續說道：

「不過，從現代社會流傳的怪談中，就能看出狀況與以往截然不同。基本上已經看不到狸貓或狐狸作怪這種民間故事風格的題材，大部分都直接定義為幽靈。這是受到社會變遷的影響，都市化之後狐狸這類動物已經離人們的生活太過遙遠，如今不再是狐狸或狸貓會幻化成人的時代了。這樣一來，要解釋出現亡者形態的怪異現象，幽靈就成為主流學說。所以在現代社會中，幽靈或許還是能定義為『死去的人以生前的模樣現身』吧。」

「這樣的話那個，我想回歸正題。到頭來，幽靈到底是什麼呢？」

發現高槻的話題無止盡向外延伸，更紗強行將話題拉回原點。

高槻沒有一絲不悅，眼神反而變得更加晶亮。

「從古至今確實都有『疑心生暗鬼』的案例。但依照我個人的看法，既然現代仍有這麼多人有過撞鬼經歷，就算真的有幽靈存在也不足為奇。我反而滿心期盼未來能親眼目睹真正的幽靈呢！」

「這……這樣啊。您說幽靈存在也不足為奇吧？應該說……我認為世上真有幽靈。」

聽完高槻這番話，更紗一臉嚴肅地說起來。

尚哉心想，看吧要開始了，忍不住繃緊全身。照這個流程繼續走下去，更紗一定會說「自己看過幽靈」吧。尚哉實在不想聽這種謊言。

「那個，佐佐倉先生，我該回去——」

好不容易把可麗餅吃完後，尚哉對佐佐倉知會一聲，準備離開現場。

就在此時。

他聽見更紗在舞臺上說的話。

「老師，您剛才說很多人有過撞鬼經歷吧。那個……我也看過好幾次。第一次是小時候在祖母的葬禮上——」

尚哉不禁疑惑地轉頭看向舞臺。

佐佐倉低頭看著尚哉問：

「怎麼，你還有事嗎？……深町？喂，怎麼回事？」

佐佐倉有些憂心地問，但尚哉依舊沒能回答，並用手觸摸自己的耳朵。

舞臺上的更紗繼續描述：

「——當我回頭一看，發現祖母就站在正後方，但祖母的遺體明明就在我眼前。」

她在描述撞鬼經歷時，聲音竟沒有一絲扭曲。

不對，整體來說還是模糊不清，但不管是誰的聲音，在此刻的尚哉耳裡都是這種感覺。

也就是說，更紗有靈能力這件事是事實嗎？

——但這個時候，有個想法如閃電般竄過尚哉的腦海。

他下意識看向周遭。臺上正在表演脫口秀，現場卻還是有很多說話聲。有人在講電話，有人在跟客人搭話，有人在跟同伴聊天。

這麼多說話聲此起彼落，有好幾個聲音也傳進了尚哉耳裡。

可是他現在才發現，這些聲音都沒有出現扭曲狀況。

難不成，尚哉心想。

「……佐佐倉先生。」

「怎麼了？耳朵又痛了嗎？」

「不痛，沒事。那個……你能不能跟我說句謊話？」

「什麼意思啊？」

「別問那麼多，拜託你了。」

見尚哉如此懇求，佐佐倉雖然一臉莫名其妙，還是開口說道：

「今天下大雨。」

今天天氣非常晴朗。

尚哉瞪大雙眼。看來沒錯了。

他心想，是什麼時候開始的？不知道。這幾天他很少跟別人說話，但至少在罹患中耳炎之前還沒有這種狀況。是生病的關係嗎？還是鼓膜被穿洞的緣故？

不管理由如何，現在自己確實聽不出謊言了。

尚哉口中發出類似笑聲的「哈」一聲。

「太好了」跟「怎會如此」這兩種心情各占一半。他沒想到這麼簡單就能解決。弄壞耳朵是否就能恢復正常，過去這個念頭在心中浮現過無數次，但最終都太過害怕而作罷。這麼做就能變回普通人類的話，真希望能早點生病。畢竟也不會完全失去聽力。

總而言之，自己再也不必對他人的謊言心生畏懼了。

可是這個時候——舞臺上的高槻映入尚哉的眼簾。

尚哉心中高漲到一半的興奮感忽然破開一個洞。

他頓時停止呼吸，發現上揚到一半的嘴角變成了不自然的扭曲模樣。

抬起頭茫然地看著被放大投影在螢幕上的高槻的臉，尚哉放在耳邊的手無力地垂了下來。

……如果，他心想。

如果這對耳朵變得跟普通人一樣。

那，那個人——高槻他。

到底會是什麼表情，又會說些什麼？

「深町，你還是很不舒服嗎？」

佐佐倉這麼問。

尚哉沒能回答，只是愣愣地站在原地。

結果尚哉跟佐佐倉一起在中庭待到脫口秀結束。

高槻和更紗都已經離開舞臺了，尚哉還是動也不動，佐佐倉用力抓住他的手臂。

「喂，去彰良的研究室吧。」

「咦……」

「你要稍微休息一下，臉色真的很差。」

「……不，那個，我要回家了。回去自己家裡休息……請你放開我。」

「少說廢話，你現在一臉要昏倒的樣子。」

說完，佐佐倉就不顧尚哉抵抗，除了手臂之外還抓住他的脖子，像是在押送罪犯那樣往研究室大樓走去。

其他校舍也被用來當作校慶的展示場，但研究室大樓沒有。這裡沒什麼人影，外頭的喧囂聲聽起來很遙遠，彷彿被推到牆後另一端。

來到高槻研究室前面後，佐佐倉沒敲門就打開門。

「彰良，讓這小子休息一——」

佐佐倉對裡頭這麼喊，但聲音到一半就停了下來。

高槻似乎不在。尚哉心想這樣也好，也跟著往房內看去。

不對。

高槻站在房間裡。

不對，除了他之外，還有另外兩個人也站在裡頭。分別是一名身型豐滿的中年女性——以及一名身穿黑白千鳥格紋大衣的美女。

就是藤谷更紗。

「——抱歉，我先出去吧。」

「阿健、深町同學，沒關係，進來吧。」

佐佐倉還抓著尚哉的脖子，就直接轉身準備關門，但高槻對他們這麼說。

中年女性眉頭緊蹙地說：

「這樣很為難啊，畢竟我希望接下來的內容不要外流。」

「別擔心，這位體型魁梧的男性職業是刑警，口風也很緊。而且跟他在一起的學生是我的助手，既然接下妳們的調查委託，他也會同行。」

高槻帶著溫和笑容這麼說，讓她乖乖閉上嘴，走上前打開差點被佐佐倉關上的門。他像是要從佐佐倉手中接過尚哉似的，將手放上尚哉的肩膀。

「沒事吧？你看起來有點疲倦呢，坐那裡吧。阿健也是。」

高槻讓尚哉和佐佐倉並肩坐在桌旁的折疊椅上，隨後對站在桌子對面的兩名女性開口說：

「兩位請坐，讓我請教一下事件經過。在那之前要不要倒點飲料？」

「不，不用麻煩了，我們馬上就走。」

中年女性冷冷地這麼說，將附近的折疊椅拉過來給更紗坐，自己也坐在旁邊。看來這兩人才剛到高槻的研究室。

高槻在她們對面入座後，女性從肩背包拿出名片遞給高槻。

「我是藤谷更紗的經紀人，敝姓宮原……站在經紀公司的立場，我本來該阻止這種行為，但藤谷說什麼都要過來。明知可能會給您添麻煩，還是斗膽前來叨擾。」

「這是我的任性要求，真的很抱歉。」

更紗這麼說，並將身子往前探。

她一開口，尚哉就忍不住將視線移過去。原本只會在電視上聽到的聲音，居然能像現在這樣親耳聽見，而且距離還這麼近，感覺很不可思議。尚哉甚至有些感慨地心想，啊啊，原來藝人真的活在現實世界裡。光是女演員造訪，本來再熟悉不過的研究室看起來也像舞臺布景了。

更紗繼續說道：

「但我真的覺得這是個好機會，畢竟跟大學老師說話的機會不多，而且還是專門研究幽靈鬼怪，還會調查奇怪事件的大學老師！根本就是千載難逢的緣分……其實，那個，我想麻煩高槻老師一件事。」

「請說，是什麼事呢？」

高槻面帶微笑地回應。

更紗看了宮原一眼，宮原一臉不情願地點點頭，接著從包裡拿出看似冊子的東西。

「這是藤谷正在拍攝的電影，片名是《館》，是原創劇本。類型是偏向驚悚的懸疑片……講述一名嫁給資本家的女性，在古老洋房裡撞見幽靈的故事。當然，女主角是由藤谷飾演。」

「總之結局就是，女主角以為是幽靈的存在，其實是丈夫的母親，丈夫為了捐贈臟器給特殊血型的母親，才會跟女主角結婚。最後以經典橋段的洋房陷入火海作結。」

更紗毫無保留地劇透了。

「光聽劇情可能會以為是B級片，但我覺得可以拍成非常精彩的電影。導演的名氣雖然不高，不過願意在拍攝手法等大膽加入許多新嘗試。而且有趣的是，他想營造出登場的幽靈並非全是人類的感覺。不但讓劇情合乎常理，還下了點工夫，讓觀眾事後仔細回想時覺得『奇怪，這一幕看到的難道真的是幽靈嗎？』所以我想在這部電影上賭一把——可是，最近在製片廠經常發生怪事。」

「製片廠的怪異現象嗎？感覺很像《女優靈》這部恐怖片呢！請問是什麼狀況呢？」

這次換高槻喜孜孜地探出身子。

更紗說：

「一開始……是音效方面的問題。」

她說目前是在製片廠搭建的布景中進行拍攝。故事舞臺的洋房外觀是實際參考當地的建築物，拍攝室外場景時雖然也會出外景，但室內場景全都是在布景裡拍攝的。

當時他們正在客廳拍攝。剛嫁進這棟洋房的女主角，晚上點了油燈在客廳裡看書時，卻聽到某處傳來音樂盒的音色。

音樂盒的聲音是另外錄製，後製時再加入畫面當中，更紗本來只要演出聽到聲音的樣子即可。

可是現場真的出現了音樂盒的聲音。

「大家起初都以為是有人手機響了，還罵了一句『喂，是誰啊！』……但似乎並非如此。我說感覺不太舒服耶，但還是繼續拍攝。」

「現場所有人都聽見了那個音樂盒的聲音嗎？」

高槻提出疑問。

更紗點點頭，宮原也從旁插話：

「我當時也在現場，所以聽到了。真的有音樂，千真萬確。」

「是什麼曲子？」

「畢竟只聽見短短兩三秒，所以不太清楚。順帶一提，原本預定在電影中使用的是《向星星許願》。」

宮原用不帶私情的工作語氣回答。

更紗繼續說道：

「之後也發生好幾次類似的現象。拍攝當下收音師突然說『收到奇怪的聲音』，中斷拍攝工作——可是確認收音時，卻沒有混進一點雜音。據收音師描述，聽起來很像女人的啜泣聲……」

隨後，怪異現象開始變本加厲。

好幾名工作人員都說看到長髮白衣的女子。現場確實有幾位女性工作人員，但大家都是短髮，應該不可能看錯。神祕的音效問題也不斷發生，除了音效組之外，還有其他人聽見了啜泣聲。

漸漸地，工作人員之間開始流傳「這部電影可能被詛咒」的謠言。雖然不知道是出自何人之手，但某次走進攝影棚時，就看到四處都放著避邪用的盛鹽。

「但當我們注意到時，那些盛鹽都像被水潑過一樣融化了……這時我已經覺得很不舒服。結果我終於在某一天的攝影時，看到了……大家口中的幽靈。」

那一幕是寢室的場景，劇情是女主角等待丈夫回家時在床上打起盹來，身上蓋的棉被卻被某人拉扯掉在地上。當時更紗躺在床上，負責在鏡頭外拉扯棉被的工作人員也在床尾旁邊待命。

導演喊出「開拍」後，更紗就演出發現棉被遭到拉扯而醒來的樣子——並往天花板看去。

那是攝影棚的天花板。寢室布景的天花板只搭了一半，為了讓攝影器材出入只有搭建出房間的框架而已。

更紗看到有人站在那個框架上。

工作人員根本沒必要站在那裡，再說，人站在那邊也很危險。更紗心想好危險啊，但還是繼續演戲——當下卻跟那個人四目相交。

那一瞬間，更紗出自本能地倒抽一口氣，不是演出來的。

因為她發現那是一名白衣女子，長長的頭髮全都披在前面。

更紗忍不住大喊一聲「是誰！」，拍攝工作自然也中斷了。但當她再次抬頭看去，那裡卻空無一人。

「導演大發雷霆，工作人員也亂成一團，太糟糕了……雖然之後還是要繼續拍攝，但我已經不太敢去攝影棚了。」

「……不敢去？」

看到更紗雙手摀著臉發出悲嘆，高槻有些驚訝地歪著頭問。

「妳不是說有靈能力嗎？應該不是第一次看到幽靈了吧。儘管如此，還是覺得看到幽靈很恐怖？」

「當然很恐怖啊！」

更紗將摀在臉上的手拿開，開口說道：

「這還用問嗎，不管看了多少次就是不習慣！每次想到那裡有個死人，就覺得很害怕。」

「這樣啊，是我失言了。不好意思，因為我反而每天都想著要親眼看看幽靈，所以敢保證看到幽靈也不害怕。」

高槻面帶微笑地說，話語中卻感受不到一絲愧疚。更紗臉上掠過一抹憂心，懷疑找這個人商量到底正不正確。一旁的宮原從頭到尾都板著一張臭臉。

身為局外人的尚哉和佐佐倉一直沒有插嘴，只是靜靜聆聽。佐佐倉似乎是在觀察，打算在高槻陷入「沒常識」狀態時就要出手制止。但如今的高槻依舊安分，沒有平常那種大型犬汪汪叫著飛撲上前的感覺。

——也就是說，高槻不相信更紗剛才說的話。

當高槻表現得興趣缺缺時，就代表他一開始就認定這不是怪異現象。高槻對捏造的怪談沒興趣，他只追求真正的怪異事件。

尚哉拚命將注意力集中在更紗的聲音上，心中浮現出疑惑。

更紗的聲音聽起來真的很正常。

或許是因為尚哉失去了耳朵的力量——但也不能捨棄更紗沒有說謊，句句屬實的可能性。

平常尚哉能瞬間做出判斷，現在卻難以辨別。沒想到這個狀況會讓他如此焦躁。

更紗用眼角微微上揚，讓人聯想到貓的大眼睛注視著高槻。

「所以，那個……能不能請老師到攝影棚一趟呢？」

「這倒無妨。但我不是靈能力者，沒辦法逼退怨靈或驅邪避凶喔？」

「這個我明白，但透過老師的眼睛或許能發現一些端倪……有很多工作人員都怕得不得了，如果有大學老師前來調查，或許能讓一些人放下心中大石吧。」

「我覺得反而會讓更多人心懷不安耶，搞不好會覺得『連大學老師都來調查了耶，這一定是真正的怪異現象！』不過……」

這時，高槻將視線偷偷移向尚哉。

為了避開那股詢問的視線，尚哉不禁低下頭去。

高槻有些驚訝地睜大眼睛，用一隻手輕撫自己的下顎，彷彿陷入長考般沉默不語。以往只要有人撒謊，尚哉就會反射性地摀住耳朵，在更紗說話期間竟一次也沒有，所以高槻才疑惑吧。

高槻又看了尚哉一眼，才再次將目光移回更紗。

「——這樣啊。好吧，我會去一趟。或許有我能幫上忙的地方。」

「真的嗎！」

見高槻接下委託，更紗的眼睛都亮了起來。一旁的宮原臉色變得越來越難看，更紗卻毫不在意。

「老師，雖然時間有點倉促，但能不能明天就來呢？我覺得盡快解決比較好……從明天又要拍攝了。」

「明天嗎？沒問題，我有空……深町同學，你可以嗎？如果還是不太舒服，就不必勉強。」

「……沒有，我沒事。」

尚哉也不知道那時候怎麼會給出這種答案。

應該要拒絕才對，隨便編個身體不舒服或其他理由也好。

結果說出口的卻是：

「沒問題，我可以去。」

「是嗎？——藤谷小姐，麻煩告訴我攝影棚地址和該去的時間。」

高槻對更紗這麼說。

宮原輕輕嘆了一口氣，將寫著攝影棚地址的紙條拿給高槻。

這麼一來委託就正式成立，尚哉也決定跟高槻一同前往攝影棚。

攝影棚位於多摩川沿岸。雖然離車站很近，步行幾分鐘就能抵達，但讓高槻走在前面，他還是會走到完全不同的地方去。

「抱歉，要是深町同學不在，我一定會因為迷路而遲到……」

「……呃，沒關係。」

雖然更紗已經事先知會過入口的警衛，但宮原會出來接人，警衛還是讓兩人在大門旁暫候。

尚哉輕輕摸著自己的耳朵。

他覺得耳朵的狀態應該沒有改變。

昨天回到家後，尚哉一直讓電視開著，持續收看綜藝和談話節目，但每個人的聲音都沒有扭曲。

這應該是值得高興的好事，畢竟忌憚已久的能力終於消失了。

可是現在——別說高興了，尚哉甚至心生焦慮。

高槻低頭看著尚哉關切道：

「深町同學，你身體真的不要緊嗎？而且今天是校慶最後一天吧，不去沒關係嗎？」

「身體好多了……我對校慶也沒什麼興趣。」

尚哉將下顎埋進圍在脖子上的圍巾裡，如此回答。

「是嗎？你昨天就沒什麼精神，讓人有點擔心——再問你一次，昨天藤谷小姐和宮原小姐的聲音，真的沒有扭曲變形嗎？」

「……對。」

尚哉輕輕點頭回答高槻的問題。

昨天更紗她們回去後，高槻也跟他確認過這件事。

那時候尚哉同樣給出「對」這個答案。事實上，尚哉當時真的沒有從更紗她們的聲音中聽出一絲扭曲，要是回答「不對」就是在說謊。

但尚哉當時應該對高槻說的，是另一句話才對。

他應該老實向高槻坦承，現在自己已經無法辨別謊言了。

但實在說不出口。

尚哉偷偷瞥了高槻一眼，只見他有些寒冷地縮著身子四處張望，感覺是第一次來電影攝影棚。話雖如此，入口處也只能看到好幾棟並排的大型建築物。

——要是知道我的耳朵變得跟普通人一樣，高槻會怎麼想呢？

高槻之所以對尚哉感興趣，是因為尚哉以前遭遇過只能以怪異現象來解釋的事件。

而且在那件事過後，得到了異於常人的能力。

由於尚哉的境遇在某種層面上和高槻相近，高槻才會對尚哉處處關心。前陣子特地跑到家裡來，或許也是這個原因所致。

但尚哉不禁設想。

如果失去能力，變得跟其他人沒兩樣的話。

高槻是否就會將他從感興趣的名單中剔除？

『我不想讓你離開，希望你以後也能繼續幫我。』

高槻曾經對尚哉說過這種話，但之所以每次調查都讓尚哉同行，也是因為尚哉的能力對高槻多少有點用處吧。若只是單純的帶路或常識擔當工作，尚哉以外的人也能勝任。

怎麼辦？得跟高槻說清楚才行。高槻會接下這次的委託，或許是因為尚哉沒有否定更紗的說詞，但更紗昨天說的話可能全都是謊言。

「兩位久等了，這邊請。」

這時，宮原終於來接他們了。

宮原將高槻和尚哉帶往其中一棟建築物，並用低沉的嗓音說：

「進入攝影棚之前，我有個小小的請求。我們沒有跟導演和工作人員表明你們今天前來的目的。連續好幾天都有狀況，導演的精神狀況變得很緊繃，如果不小心又刺激到他，恐怕會對拍攝造成影響。所以會把你們當成藤谷私下的好友，說今天只是來參觀拍攝，沒問題吧？」

「這倒無妨……但我想直接向工作人員問問攝影棚發生的狀況，這樣也不行嗎？」

「你可以表明老師的身分。說是為了自身的研究，以個人立場打聽攝影棚發生的離奇現象，我認為沒有問題。麻煩別說出藤谷委託調查的事。」

宮原還是頂著一張臭臉這麼說。

「電影拍攝現場會有很多人四處走動，要是每個齒輪都失控，現場所有人都會亂成一團。現在的狀況絕對算不上好，請兩位不要給工作人員帶來更嚴重的刺激。」

她的口氣不帶私情，冷漠無比。這個狀況實際上對她造成了很大的困擾吧，畢竟偏偏是因為幽靈騷動導致工作進度延宕。

高槻問道：

「妳不怕幽靈嗎？」

「踏進這個業界，馬上就會知道真正可怕的不是幽靈，是人類。」

宮原冷哼一聲，笑了起來。

「演藝圈就是人吃人的世界。藤谷出道後，我就一直是她的經紀人，她差不多要迎來最關鍵的時期了，在職業生涯跟年齡層面上都是。現在如果沒辦法存活下來，往後的工作就會越來越少，所以那孩子——是真的想在這部電影上賭一把。畢竟是久違的主演電影。」

抵達攝影棚所在的建築物後，宮原在大門前暫時止步。

她轉頭仰望高槻，咬了咬下唇，再次開口說道：

「因為想讓她隨心所欲，我才准許她把你找到這裡來，甚至不惜讓經紀公司噤聲。可是高槻老師，拜託你，別惹出多餘的事端。」

宮原的用詞相當辛辣，尚哉不禁有些膽怯。

高槻微微瞇起雙眼看向宮原。

「這話什麼意思？」

「——何必多此一問？意思就是局外人給我安分一點，不必硬是找出這場騷動的原因。對她來說……光是你能來這一趟，就很滿足了吧。」

宮原冷冷地拋下這句話，就再次轉向大門。推開看似沉重的大門後，她請高槻及尚哉入內。

建築物內部像個巨大倉庫，天花板高得嚇人，裡面搭建了幾組布景。有寢室、客廳，還有從玄關大廳通往二樓的大階梯。布景內側的牆壁也確實貼了壁紙，鋪上華麗的地毯，也擺了幾種家具，但只搭建一部分的天花板，就能看出這是拍攝用的舞臺布景。現場看覺得人造感很明顯，但透過攝影機拍攝，再進行色差調整等後製工作，看起來就會栩栩如生了吧。

攝影棚內有很多工作人員。有人在調整照明，有人在搬運某種器材，有人在檢查攝影機，有人一手拿著文件板夾四處穿梭。尚哉忍不住東張西望起來，結果被高槻輕輕戳了一下。他疑惑地轉頭一看，發現高槻默默地指著入口旁邊，那裡放著盛鹽。之前聽說已經融化，看來是有人重新放了一個。

「啊，高槻老師！你來了呀！」

坐在布景角落的椅子上讀劇本的更紗，對這邊揮了揮手。宮原說了句「我就不奉陪了」，便離開現場。

更紗放下劇本站起身，小跑步往高槻跑來。她穿著鮮豔奪目的藍色洋裝，頭髮盤成高雅的造型，跟昨天來校慶時的感覺截然不同，看起來也年長許多，很貼合「嫁給資產家的女性」這種電影設定。

「現場檢查似乎還沒結束，我帶你們參觀一下布景吧……你們應該聽經紀人說了，現在的設定好像變成『老師朋友來參觀』，所以不會把你們介紹給導演認識。不好意思。」

「別這麼說。不過相對的，之後我想找工作人員談一談。」

「了解。先看這邊吧。」

說完，更紗就帶兩人參觀寢室布景。

這個布景的木製地板上鋪著有些陳舊感的厚實絨毯，還放有一張大床。床頭櫃跟油燈是骨董風格，充滿「豪宅寢室」的氛圍。普通人家不太會選用的深藍底色配上藍紫色花樣壁紙，營造出一股幽暗閉塞的氣息。

「在這個場景，我是穿類似白色洋裝的家居服，所以在這個壁紙前面看起來格外出采。躺在這張床往上看……就看見那個人。」

「原來如此。除了藤谷小姐以外，還有其他人看過嗎？」

「沒有……當時就只有我。因為馬上就消失了，我也只看到一瞬間而已。」

「在哪裡？」

「正好是那個天花板附近——就在橫梁上方。啊，等等，高槻老師！」

看到高槻脫下鞋子擅自爬上床，更紗滿臉驚恐。

但高槻直接在床上仰躺，抬頭看著更紗所指的方向。

「啊啊，躺在這裡往上看，第一眼看見的確實是那一帶。」

「老、老師，會被罵的！快點下來！」

尚哉急忙走到床邊把高槻拖下來。

結果，這次高槻走到幽靈所在的橫梁正下方。

「嗯～要站上那種地方，不靠梯子應該滿吃力的吧。應該說，那邊能站人嗎？試試看好了。藤谷小姐，能借個梯子或折疊梯嗎？」

「老師，不要這樣，如果不小心弄壞布景會被罵喔。」

尚哉拚命阻止擅自動來動去的高槻。既然沒辦法發揮測謊機的能力，至少得努力做好常識擔當的工作。

這時，一名嬌小年輕的女性工作人員來喊更紗。

「啊，找到了找到了。更紗小姐～導演在叫妳喔～」

「咦？討厭，已經要拍了嗎？呃，不好意思，高槻老師，我得先走一步，你就看著辦吧？——小純，抱歉，這位是我認識的大學老師，今天來參觀拍攝現場，可以陪他一下嗎？如果能帶他參觀布景，我會很開心的。」

「好呀～沒問題～」

聽了更紗的請求，名為小純的女性點點頭。於是更紗便小跑步往玄關大廳的布景跑去。

更紗離開後，純抬頭看著高槻，有些驚訝地說：

「呃……你是大學老師嗎？和更紗小姐認識？」

「我是青和大學的高槻。昨天跟藤谷小姐在校慶一起表演脫口秀。」

「脫口秀？是喔，雖然不知道是怎麼回事，但很厲害耶～」

說完，純還鼓掌起來。她留著短髮，身穿工作人員外套和有點舊的黑色牛仔褲。她在攝影棚的工作似乎是包辦所有雜務，還笑著說「跟打工沒兩樣」。

從寢室布景移動到客廳布景時，高槻往玄關大廳布景看去，發現更紗正在跟一位戴著黑色棒球帽的鬍子男討論事情，旁邊還圍著幾名工作人員和其他演員。

高槻問道：

「那位就是導演嗎？」

「對啊，他是佐山導演～經手過很多MV和廣告作品，這次好像是首次執導長篇電影喔～」

「這樣啊，很期待電影成果呢。」

「是呀，更紗小姐也幹勁十足唷！她對工作人員也超級好～個性真的很體貼，偶爾還會自掏腰包替我們準備超豪華的外燴呢。希望這部電影一定要大賣！……不過恐怖片可能有點困難吧。」

純帶著一絲苦笑這麼說。

感覺賣座的恐怖片確實不多。畢竟討厭恐怖片的人很多，絕大多數也都帶著B級片的感覺。

「我也很喜歡恐怖片啦——對了，恐怖片的拍攝現場，是不是真的會發生可怕的事啊？其實我在大學研究鬼故事，不限於這次的拍攝現場，如果聽過什麼怪事，願意告訴我的話，我會很開心的。攝影棚應該常常出現幽靈吧？」

高槻自然而然地將話題引過來，開始追問。

「哇啊，太酷了吧，居然有學者研究這種東西～！——這樣正好，你沒聽更紗小姐提過嗎？這裡會鬧鬼喔。」

純走到高槻身邊，壓低聲音說道。

高槻配合純的身高微微彎下身。

「妳也看到鬼了嗎？是什麼樣子？」

「我是沒見過啦，但據說是個長髮白衣女子，還用充滿悲恨的眼神低頭看著我們！更紗小姐也說在拍攝時看到了！還有忽然出現音樂盒的聲音，跟女人的啜泣聲！」

「這樣啊。順帶一提，這些現象妳有親身經歷過的嗎？」

「有聽到音樂盒的聲音！但其他都是聽別人說的～」

「跟誰聽來的？」

「呃，音效組的濱村先生跟小道具組的和田先生吧？有時間的話，要不要聽他們說說？我幫你介紹～」

「好啊，真是幫了個大忙，麻煩妳了。」

高槻點頭答應後，純就先把他們帶到小道具組那位名叫和田的男人身邊。和田是個鵝蛋臉的矮小男性，大約二十幾歲。

和田將幾個油燈放在攝影棚一角，正在用畫筆替燈罩部分輕輕上色，似乎是讓新品看起來老舊一些的技巧。

「咦？大學老師？就是你嗎？……啊啊，對啊。我有看到幽靈。」

和田直接承認自己看過幽靈。

據和田表示，他在布景二樓準備小道具的時候，轉頭就看到一個長髮白衣女子。畢竟工作人員和演員之中沒有這種女性，他懷疑是外人亂跑進來，出聲一喊那人就立刻消失了。

「不過，以前有個紅不起來的女演員在這個攝影棚自殺，有幽靈出現也不足為奇吧。」

和田這麼說。

高槻充滿好奇地點點頭，身旁的尚哉則拚命聆聽和田說話的聲音，但還是聽不出有沒有扭曲變形。

留下一句「我還有工作要忙」，和田就抱著裝滿備品的紙箱站了起來，從搭建在布景後方的木製階梯走上二樓。

接著，他們又去找音效組的濱村了解狀況。濱村是個光頭體格粗壯的中年男性。

「……啊啊，音效問題的事情啊。」

濱村的表情感覺有點為難。他一手摸著自己剃得光溜溜的頭，含糊不清地說：

「啊啊，嗯。麥克風好幾次都有收到女人的啜泣聲……話雖如此，卻沒有留下聲音……那個，也有可能是我聽錯了——這種事偶爾會發生啦。以前在拍攝現場有碰過聲音留下來的狀況，最後是靠後製把音效部分重新加入。」

「哦，其他拍攝現場也有過嗎！方便的話，能不能把當時的狀況告訴我？」

「啊啊，是可以啦，但不能具體說出作品名稱，不介意吧？」

「當然不介意！」

「是之前到當地一座山裡拍電影外景，但攝影器材從一開始就不太對勁——」

高槻順便開始收集其他怪談了，一旁的尚哉漸漸有種無所適從的感覺。

明明聽不出謊言，又幫不上什麼忙，那自己到底在這個地方做什麼？

更紗及和田都說見過幽靈，濱村也說有聽見幽靈的聲音。

可是這些，說不定都是謊話。

怎麼辦，真的聽不出來。誰在說謊，誰在說實話呢？尚哉頓時渾身乏力，這才發現自己過去對這個能力如此依賴，難以排遣的焦躁和憤怒灼燒著內心深處。到底是誰撒了謊？誰才是騙子？誰才是——……

「……！」

這時，尚哉忽然感受到心臟被狠狠揪住的衝擊。

他發現自己也是半斤八兩。

現在的自己，同樣也在對高槻撒謊。

假裝自己還有能力，用這個謊言將高槻騙得團團轉。

他就是個大騙子。

尚哉忽然覺得腿軟，高槻一臉驚恐地攙扶他的肩膀。

「——深町同學？沒事吧？」

「老師……那個，我……」

尚哉話還沒說完。

攝影棚內就忽然吵雜起來，看來是準備開拍了，人都集中到玄關大廳的布景區。

濱村說了聲「糟糕」，便往那裡跑去。

純拉著高槻和尚哉的手臂，帶他們到離布景有點距離的陰暗處。

「來，你們可以在這邊參觀拍攝過程喔～麻煩保持安靜！」

純把尚哉和高槻留在現場後，就往其他工作人員跑去。此刻的氣氛實在不方便說話，於是尚哉閉上嘴看向布景。

更紗和看似飾演管家的女演員站在布景當中。當照明一打下來，原本充滿人造感的布景看起來是截然不同的風貌。圍繞在布景旁邊的眾多工作人員中，也能看見宮原的身影。攝影棚內變得鴉雀無聲，現場響起導演喊著「準備，開拍！」的聲音。

身穿藍色洋裝，腳踏高跟鞋的更紗，似乎剛從玄關大門走進來，再緩緩步向布景後方那座通往二樓的大階梯。布景壁紙是較深的苔綠色，地板則是焦褐色的木板材質。跟寢室布景一樣，這個布景也充斥著昏暗色調，給人一種閉塞感。但步行其中的更紗卻是充滿生命力的表情，彷彿完全不受籠罩全館的陰暗氣息影響，睜大雙眼感動地環視周遭。

「好棒的房子……簡直難以置信，我居然變成了這棟洋房的『夫人』。」

更紗輕聲一笑，忍不住縮起身子。

這一幕似乎是女主角剛嫁進洋房的時候。更紗用深信得到如夢似幻的婚姻生活，純真無瑕女性的表情，看著飾演管家的女性。

「吶，我能成為配得上這棟洋房的夫人嗎？」

「不論您配不配得上，在這棟洋房裡就只有那位大人才該稱為夫人。」

見飾演管家的女性面無表情地回答，更紗頓時表現得有些畏縮，隨後才再次用笑容試圖掩飾，但笑臉中帶著些許不安。

「抱歉，問了奇怪的問題。」

尚哉看著拍攝過程心想，原來這就是女演員啊。果然很內行，表情管理和發聲方式都跟方才和高槻說話時完全不同。更紗參演的電影和電視劇，尚哉也看過幾部，不過藤谷更紗在女演員這方面表現絕對不俗。只是宮原剛才說過，她差不多要迎來最關鍵的時期了。

就在此時。

正在和飾演管家的女演員念臺詞時，更紗竟忽然倒抽一口氣。

「——喂，卡！怎麼回事！」

導演立刻中止攝影。

更紗一雙大眼中盈滿恐懼，用纖細的手指指著布景二樓。

現場所有人都將目光移向她指的地方。

設計成環繞玄關大廳的二樓走廊上設有好幾扇門，其中一扇門竟微微開啟，還有一個人站在陰暗中，從房裡窺視著下方。雖然看不清楚，可是——能看見那人穿著白衣，和披散在眼前的黑髮。

工作人員立刻吵嚷起來，純也發出慘叫，原先坐在導演椅上的導演也立刻起身。

但最先做出行動的人是高槻。他毫不猶豫地走進布景，一雙長腳飛也似地奔上樓梯，尚哉也急忙追趕在後。他隱約聽見導演在後方大罵「喂，那兩個是誰啊！」總之決定先不予理會。

高槻打開出問題的那扇門。

裡頭卻空無一人。

門後的景象跟外側貼了壁紙的布景完全不一樣，木板和梁柱都裸露在外，就像後臺一樣，甚至沒有特別區隔出房間，只是個跟二樓走廊布景同寬的空間。被切割出可開式房門的似乎只有高槻現在開的這一扇，往左右看去發現其他都只是一片薄木板。或許是被當成倉庫使用，地上放著裝滿膠帶和油漆罐等備品的紙箱，完全找不到會被誤認成白衣長髮女子的東西。

後方有個面對攝影棚外的窗框，於是高槻走上前，將窗戶打開往下看。尚哉雖然也跟著一起往下看，卻只看見幾個沿著建築物擺放的垃圾桶，沒發現人影。

這時布景門被打開，導演和工作人員走了進來。

「喂，你們兩個在做什麼！外人給我滾出去！」

「啊啊，不好意思，我只是來參觀而已，但剛才好像有幽靈現身，所以想調查一下。我們這就離開。」

聽了高槻的回答，導演就把戴在頭上的棒球帽一把抓下。

「……真是夠了！怎麼每個人都在扯幽靈，還有完沒完啊！只是在拍恐怖片怎麼可能真的撞鬼啊，一群白痴！喂，馬上重拍剛才那一幕，給我回到工作崗位上！外人統統滾出去！」

周遭的工作人員連聲安撫破口大罵的導演，其他工作人員也推著高槻和尚哉，將他們趕到布景外面。

攝影棚內已經亂成一團了。音效組的濱村一臉鬱悶地調整麥克風，更紗則坐在舞臺布景的沙發上讓妝造組整理髮型，站在旁邊的宮原拿了一瓶礦泉水給她。更紗的表情依舊難掩驚恐，渾身顫抖地接過水。這時大門被打開，有幾名工作人員走進來，其中也包括小道具組的和田。他被裡頭亂糟糟的模樣嚇了一跳，逮住到處奔走的純問：

「喂，發生什麼事了？」

所有人同時都在講話。「你剛才有看到嗎？」「有。」「我也看到了。」「就是幽靈。」「這部電影真的被詛咒了。」「我在之前的拍攝現場也遇過一樣的事。」——尚哉將手放上耳朵，這些聲音聽起來都模糊不清，卻完全沒有扭曲變形的感覺。好幾張嘴一張一合發出聲音，明明或許其中有幾個人說的話完全與事實不符。

尚哉再也撐不下去了。

「……老師。」

「嗯？怎麼啦，深町同學？」

尚哉知道高槻在看自己。

「那個……對不起，我回去了。繼續待在這裡……似乎也沒什麼用處。」

尚哉沒辦法回望他的臉，勉強擠出這句話後，就轉身背對高槻，往攝影棚大門逃也似地跑了過去。

他知道高槻追上來了，也聽見「等一下，深町同學！」這道聲音。尚哉頭也不回地推開沉重的大門。

然而在踏出門外的那一刻，尚哉被高槻追上了。

「等一下啊，深町同學。喂，你……」

這時，攝影棚大門再度打開，更紗從門後狂奔而出。

「高槻老師！高槻老師，等等，你要回去了嗎？求求你再待一會好嗎？因為又——」

說話的同時，更紗緊緊抱住高槻的手臂，像是要挽留他。

尚哉本想直接離開高槻身邊——卻發現一名身穿黑色羽絨外套的纖瘦男人不知何時站在他眼前。

男人拿著一臺鏡頭超大的相機。

「啊啊，別擋路。好了好了，閃一邊去。」

男人邊說邊用一隻手將尚哉推開，另一隻手則瘋狂按下快門，長滿鬍子的嘴角勾起不懷好意的笑。

更紗滿臉驚慌地看著男人。

「等一下，你是哪個單位的記者！從哪裡溜進來的！」

「啊啊，別在意這種小事嘛！藤谷更紗，我拍到很棒的照片唷！標題就下『跟男模風的帥哥在攝影棚幽會』好了！」

男人笑著轉過身，故意舉起手上的相機展示後，往大門的反方向走去。

尚哉完全不知道發生什麼事，就這麼看著男人離開。過了一會，才總算發現剛才那個人應該是狗仔。

更紗抱著高槻的手臂愣在原地，接著又無力地蹲坐下來。她已經顧不得髮型凌亂，用力地搔抓瀏海咕噥道：

「……討厭，煩死了……拜託饒了我吧……」

結果尚哉和高槻直接離開了攝影棚。劇組似乎要繼續拍攝，不過被導演氣得大罵外人滾蛋，高槻也覺得先離開現場比較好。在那之後，更紗立刻被宮原拉回攝影棚了。

在回程的電車上，尚哉終於向高槻坦承自己耳朵的狀況。

高槻沒有責備尚哉，也沒有繼續追問，只是用跟平常一樣的柔和嗓音——

「這樣啊，要保重喔。」

說了這句話。

中途換車和高槻分開後，尚哉茫然地心想，啊啊，可能沒辦法再去高槻的研究室了。

從下週開始，一切又會回歸日常。在校園內熱鬧舉辦的青和祭，如今只剩下堆積在社團會館前的招牌和忘記撕下來的海報了。每堂課都一如往常繼續進行，滿臉倦怠的學生們有的打瞌睡，有的玩手機。週三第三節的「民俗學Ⅱ」依舊盛況空前，高槻也開開心心地講述著都市傳說。

沒錯，日常依舊如常。

耳朵恢復正常後，尚哉在校園裡的生活方式依舊沒變。他還是經常獨來獨往，盡可能與周遭保持距離。

不對——尚哉可能比以前更不想與人來往了。

無法辨認來向自己搭話的人說的是真話還是謊話——尚哉從沒想過這會令他如此惶恐不安。他反而覺得當中一定有人在說謊，害怕與別人相處。

然後——那個男人在週四的時候來找他。

當尚哉上完一天的課，走出校區大門準備離開時。

忽然有人從旁邊抓住他的手。

尚哉嚇得轉頭一看，一個黃昏還戴著墨鏡的男人，用長滿鬍子的嘴角不懷好意地笑著，緊緊握住尚哉的手。

「咦？什麼？你是誰啊！」

「沒事沒事，到那邊再細談吧！總之要不要跟我喝杯茶？」

「你想做什麼，放開我！」

尚哉大聲嚷嚷，那個男人就將嘴巴湊到他耳邊。

「好了好了，不是要對你做壞事啦——是想跟你聊聊高槻彰良老師的事情，好嗎？」

「咦……」

聽到男人有些沙啞的低語，尚哉忍不住回頭看他。

男人帶著奸笑拉著尚哉的手，直接把他帶進對街位於二樓的咖啡店。不等店員帶位，男人就逕自走向窗邊的空位，把尚哉趕到靠窗那一側，自己則在對面坐了下來。

店員前來詢問點餐時，男人沒經過尚哉同意就扔出一句「兩杯綜合咖啡」，接著拿出香菸。

叼起一根菸準備點火時，男人像是忽然想到什麼似地看著尚哉。

「啊～呃，對了。你還記得我嗎？」

「我根本不認識你。」

聽了尚哉的回答，男人才百般無奈地摘下墨鏡。

「好過分唷，前幾天才見過耶，要記住人家的臉啦。」

他將臉往前探。下巴尖尖的消瘦臉型，到處亂翹的頭髮，沒刮鬍子的嘴角。雖然那雙眼尾有些下垂的眼睛浮現出熟稔的笑意，但總感覺不能掉以輕心。年紀大概超過三十五歲了吧。

尚哉皺著眉頭回望他的臉，回想究竟是在哪裡見過——才恍然大悟。

是週日在攝影棚外拿著相機的男人。尚哉對他身上的黑色羽絨外套和沒刮的鬍子有印象。

「你～好～我叫飯沼，是獨立記者。」

可能是看出尚哉想起來了吧，男人——飯沼這麼說，將一張名片直接丟到桌上。在「飯沼貴志」這個名字上面，有個相當知名的八卦雜誌LOGO。但他說是獨立記者，表示那只是單純寫在名片上的掛名頭銜吧。

「唉唷～真是的～我很頭痛耶～其實之前拍的更紗的照片，居然被上面的人擋下來了。這確實寫不出什麼大新聞啦～但我真的快氣死了，那可是好不容易才拍到的照片耶。畢竟更紗過去都沒什麼八卦，還覺得很新鮮，照片也拍得滿漂亮的。真是服了他們耶，所以我前幾天算是做白工了。你有什麼看法？」

飯沼將手肘抵在桌上吞雲吐霧地抽著菸，用獨特的抑揚頓挫口若懸河地說個不停。尚哉將身子往後退避開煙霧，瞪著飯沼。

「關我什麼事？我根本沒跟你說過話。」

「唉唷年輕人，像你這樣馬上就想跳到結論，會錯過很多重要的事情喔？那就進入正題——你當時跟更紗抱著的男人在一起吧？就是那個很像男模的帥哥。不過已經查到他的名字了，就直接講明吧。青和大學的副教授，高槻彰良老師。」

飯沼再次將臉探過來，舉起手掌放在嘴邊，用述說祕密的口吻說：

「偷偷告訴你，施加壓力不讓我們公開那張照片的，其實不是藤谷更紗的經紀公司喔。」

「啥？」

「因為總編也說得很含糊，我沒辦法好好跟你解釋，但感覺是公司上層施加的壓力。這就讓大叔我有點好奇了，奇怪，那個帥哥到底是何方神聖啊？所以就努力調查了一番。名字還不成問題，只要給攝影現場的工作人員一～點點好處，他們馬上就會說出來。繼續深入調查之後——發現了一件很有意思的事。」

飯沼微微一笑，下垂的眼角又垂得更低了。隨後他抬起頭靈活地吐出菸圈。

他用滿意的目光盯著輕飄飄的白色菸圈，接著說道：

「那位老師，居然是貴崎商事社長的兒子。」

「貴崎商事？」

「還沒求職的學生至少聽過這家公司吧？日本首屈一指的巨大綜合商社，也是亞洲數一數二的綜合企業！這麼大的公司，要給一家小小編輯部施加壓力，根本不費吹灰之力。真虧他們能盯到這種地步。順帶一提，他母親是曾在瑞士洛桑獲獎的前世界級芭蕾首席，高槻清花。難怪那位老師的臉這麼好看，畢竟媽媽是個大美人。」

飯島叼著菸，嘴角上揚起來。

但尚哉從來沒聽說過這些事。印象中有聽佐佐倉說過他是資產家的兒子，卻沒有具體聽說過他的父母親。

「不過，就算是那個貴崎商事社長的兒子，只因為一張女演員的合照就忽然來施壓，感覺有點不可思議啊。大叔我真的想不透，覺得應該有隱情，所以又查了一下。我嗅到某種可疑的味道，這就是記者的直覺吧——總之，只查到他小時候被綁架的事。當時週刊雜誌用『神隱事件』這個標題登了好大的篇幅，而且犯人還在逍遙法外。那時候的社長還是爺爺，現在的社長是清花入贅的丈夫。」

飯沼面露奸笑地說：

「這起事件雖然變成公開調查，但發現失蹤的孩子還活著之後，媒體界馬上就被下達封口令了。就算挖出當時的報導，也不清楚詳情如何。另外，那位老師高中以後就到海外留學去了。大學時回到日本，似乎又被家裡趕出來，一直獨居在外。總覺得在神隱事件後，他們整個家庭都毀了，好可憐唷。」

說完，飯沼做出雙手一攤的動作。嘴上說著好可憐，語氣中卻感受不到絲毫同情。

尚哉覺得越來越不舒服，看著飯沼說：

「……這跟你有什麼關係？」

「還沒有任何關係。但我現在就要製造出來。」

飯沼又露出不懷好意的笑。

他將菸放在菸灰缸裡捻熄，重新看向尚哉。

「我在猜那個老師應該有點隱情，寫成報導會很精彩的那種。而且那個老師的照片感覺很適合登在雜誌上吧？這次雖然被擋下來了，但只要拿給其他雜誌社，他們說不定會撿來用喔？要是能拿到這麼精采的題材就好了。比如『那起神隱事件的真相！』這種報導，感覺也很有趣吧？」

「你知道真相嗎？」

「所以正在集中證據啊——那個老師的照片，能拿的我都盡量拿到手了。還發現了一件事，那個老師的眼睛偶爾會變成藍色。」

看到尚哉肩膀一震，飯沼瞇細雙眼。

「啊啊，原來如此，小哥你果然也發現他眼睛怪怪的吧。父母都是日本人，真的很奇怪吧。就算說是光線折射的原因，日本人的眼睛看起來也不可能是藍色。」

「這話什麼意思？」

「——聽好囉，以下是我的假設。其實那個老師，是他母親在別的地方跟外國人紅杏出牆的私生子？」

「……啥！」

尚哉啞口無言地看著飯沼。這個男人怎麼忽然說起異想天開的言論。

飯沼點了第二根菸，將全身靠在沙發椅背上說：

「這就是眼睛看起來像藍色的原因，因為他是混血兒。母親是前芭蕾首席，結婚前長年旅居海外，期間有一兩個戀人也不是什麼怪事。若把那一個月的神隱事件想成是被親生父親帶走，那就說得通了。雖然最後兒子平安歸來，但父親發現母親出軌，導致家庭破碎，於是兒子就到親生父親所在的海外待了一段時間。你看，這樣一想，感覺每個環節都很合理吧？高槻清花婚後就從芭蕾界完全引退，但現在依然相當出名。『那起神隱事件的真相背後，是前世界級芭蕾首席的糜爛私生活！』簡直是週刊雜誌的絕佳題材呢。」

飯沼得意洋洋地說著自己的推理。

不過尚哉知道這個推理根本不成立。佐佐倉說過，高槻的眼睛是神隱事件後才變成藍色。如果是因為混血，那應該要生來就如此，否則說不通。

尚哉越聽越覺得愚蠢，於是想起身離開。

「真是荒唐無稽又失禮，很像八卦記者會說的話……我要走了，這些事跟我無關。」

「唉唷唉唷唉唷，等一下嘛！待會要講的就跟你有關啦！」

飯沼舉起腳擋住去路，不讓尚哉過去。

「其實我有事要拜託小哥。會給你工錢，聽起來還不錯吧？」

「啥？」

「我想繼續調查那個老師的底細，感覺很值錢。」

不知是酒喝多了還是抽菸的關係，飯沼那股莫名嘶啞的聲線，帶著一抹卑鄙的笑意，聽起來模糊不清。尚哉心想，他的聲音真讓人噁心。

「小哥，你跟那個老師感情不錯吧？就代替我在那個老師身邊多轉轉，發現什麼消息就把情報告訴我，再瑣碎的小事都行。」

「我為什麼要做這種事……請讓開。若你執意不走，我就要報警了。」

尚哉硬是將飯沼的腳移開，跟正好將咖啡端過來的店員輕輕低頭致意後，就準備離開店面。

飯沼對著尚哉的背影扯開嗓子大喊：

「唉呀唉呀，要回去啦！——算了，就算從小哥這邊拿不到消息，我手裡也有一大堆那個老師的情報了！」

尚哉嚇了一跳，回頭看向飯沼。

飯沼似乎以為成功阻止尚哉離開，於是笑著說：

「我是沒差啦～只要能寫出有趣的報導就好了，只是為此就必須有充分證據才行。雖然基本上都拿到手了啦，但還是希望有更即時的情報。原本以為小哥可能願意幫忙，但不願意就算了，我還有其他情報來源！」

飯沼的聲音聽起來相當扭曲。不只是嘶啞而已，還會從低八度的聲音變成金屬般的尖銳高音，聲線的走勢簡直亂七八糟相當刺耳。

尚哉用手摀住耳朵。

「……騙人。」

這句話伴隨著吐息一同脫口而出。

「你說的這些話——是騙人的。」

態度始終得意忘形的飯沼，「啊？」了一聲就閉上嘴巴。

尚哉將手移開耳朵，直接面對飯沼盯著他看。

「其實你對老師一無所知，這全都只是臆測，所以哪怕只有一點點也好，你也想得到情報，才會來找我攀談。我都知道。」

「啥？你在說什……」

飯沼原想大聲回嘴，但跟尚哉對上眼的那一刻，卻像感受到什麼似的，嚇得乖乖閉上嘴巴。

那種彷彿看到陰森詭譎之物的眼神，尚哉已經太習慣了。這種視線他至今早已經歷過無數次，也知道自己的嘴角勾起一抹苦笑。

可是不知為何，此刻他竟有種如釋重負的感覺。

他第一次不是對這個耳朵的能力感到愧疚，而是覺得像武器般強大。

「八卦報導可能就是要寫這種毫無根據的謊言吧，但我一點也不想幫這個忙。再繼續跟你講下去，只會越來越噁心。」

飯沼的嘴角僵硬地抽搐著。

在對方說話前，尚哉扔出了最後一句話：

「我先告辭了。麻煩你不要再來了。」

雖然帥氣地扔下這句話走出店面，但尚哉還是擔心飯沼會追上來，於是尚哉暫時先躲回校園。

回頭一看，發現飯沼並沒有追過來。尚哉心想這輩子不想再看見他了，沒有停下腳步，繼續走個不停。

怎麼辦，高槻一定是被麻煩人物盯上了。

煩惱到最後，尚哉拿出手機。這時能商量的對象就只有一個人了。

為了以防萬一，他事先將以前收到的那個手寫號碼加入通訊錄，現在試著撥通那組號碼。一開始雖然沒打通，但對方馬上就回撥過來了。

電話另一頭傳來堅毅耿直的嗓音，讓人聯想到木刀。

『深町啊，怎麼了？』

「那、那個——佐佐倉先生，現在方便講話嗎？我有點事想跟你商量。」

佐佐倉不但是高槻的兒時玩伴又是警察，沒有比他更適合的商量對象了。

尚哉將剛才發生的事告訴佐佐倉，佐佐倉沒有任何回應，只是默默聆聽。

全部說完後，電話另一頭傳來佐佐倉一聲嘆息。

『……真是的，又出現這種麻煩的傢伙。』

「對、對不起。」

『錯不在你，都怪彰良太大意了——啊……總之你別再跟那個記者扯上關係了。聽見沒有？之後就別管了。』

「咦？可是那傢伙，以後可能還會在老師身邊打轉。」

『反正不管他怎麼打聽，也翻不出什麼東西。關於那起神隱事件，當時警方也是竭盡全力調查……當時的搜查資料我也看過了。』

佐佐倉說：

『可是，真的完全看不明白。在消失的這一個月，他到底去了哪裡，又是被誰綁架，全都是未解之謎。事到如今，那個記者想查也查不出新的事實。既然是虛假情報，就會跟那個女演員的照片一樣被擋下來。那小子的老爸就是那種人。』

「……什麼意思？」

『以前也發生過類似的事。那個老爸雖然跟兒子幾乎斷絕來往，但跟兒子有關的奇怪新聞，他會全部消滅殆盡。那小子上電視稍微引發世人的討論時，據說他也將可能與自己有關的所有消息全都封鎖了……雖然不知道這麼做是在保護彰良，還是在保護他自己。』

尚哉真的對高槻的父母一無所知。

他只聽說高槻的母親似乎在神隱事件後精神崩潰，所以高槻沒辦法繼續待在家裡，暫時被寄養在海外的親戚家，回到日本後也幾乎沒有跟老家往來。

對這位大企業社長父親來說，現在的高槻是什麼樣的存在呢？他對兒子與更紗的報導施加壓力的速度快得驚人，就表示對這些瑣碎的報導相當留心吧。

簡直就像——在監視一樣。

『總之，你不必擔心，我之後會再跟彰良說這件事……啊，但要是那個記者又去騷擾你，就馬上跟我聯絡，切記。』

「……好，我知道了，謝謝你。」

和佐佐倉通完電話後收起手機，尚哉抬起頭來。

現在最後一堂課應該已經結束了，不過校園裡還是很多學生。有個約莫十人的集團朝這裡走來，應該是要去喝酒吧。

跟他們擦身而過時，尚哉發現其中幾人的聲音聽起來扭曲變形了。

「抱歉～我明天有事。」

「啊～那部電影啊！我也有看！覺得很棒耶，超感人的！」

每一個都是微不足道的小謊，但聽起來就是歪歪扭扭的。

尚哉不經意盯著說謊者的臉，對方則一臉狐疑地看回來，然而馬上就將目光從尚哉身上移開，繼續跟聊天對象對話。

尚哉停下腳步。

不知不覺，他來到了研究室大樓前。抬頭望向高槻研究室那邊的窗，發現燈還亮著。高槻他──大概還在研究室裡吧。

……因為耳朵恢復原狀就跑過來，未免也太自私了。

即使如此，還是覺得該跟高槻說一聲。

於是尚哉走進研究室大樓爬上三樓，站在高槻研究室前敲了敲門。當房內傳來「請進」這個熟悉的嗓音，尚哉的心臟狂跳起來。他先做了個深呼吸，才打開房門。

「──啊啊，深町同學，你來了啊。」

高槻用一如往常的笑容迎接他。

尚哉準備進去時，發現已經有人捷足先登，便停下腳步。

藤谷更紗站在研究室裡面，她今天穿著黑色的毛皮大衣。沒看到經紀人宮原的身影，看樣子是一個人來的。她瞪了尚哉一眼，似乎覺得他很礙事。

尚哉還在猶豫該不該進去，高槻就將手搭在他肩上請他進來。

「藤谷小姐此次前來，是想請我再去攝影棚調查一次，但我不知道該不該答應。畢竟我們都被導演轟出去了。」

「我會去說服導演！求求你，高槻老師，在那之後又不斷出現奇怪的現象，我也看到幽靈好幾次了！」

更紗對高槻哭訴的聲音，完全扭曲了。

尚哉反射性地摀住耳朵，抬頭看向高槻。

高槻低頭看著尚哉，點了點頭。

「——夠了吧，藤谷小姐。」

他斬釘截鐵地這麼說。

高槻對一臉愕然的更紗繼續說道：

「我一直都懷疑妳在說謊，連有靈能力這件事也一樣。不過，伊索寓言《狼來了》的最後，出現了真正的大野狼。我無法保證這次出現在攝影棚的幽靈是假的，所以為了以防萬一會過去調查。不過剛才得到妳在說謊的鐵證，所以不用再騙我了。這件事就到此為止吧，藤谷小姐。」

「什麼……說謊、怎麼可能……你說我在騙你？老師，你也看到幽靈出現了吧！」

「幽靈？不對，我看到的是小道具組的和田先生。」

「……咦？」

更紗愣住了。

高槻那形狀姣好的嘴唇勾起一抹微笑，接著說：

「那是他的變裝吧？在那場拍攝之前，和田先生就上去布景二樓了。可以上去那個地方的樓梯，有布景後面的左右兩個，以及布景前方的大樓梯。當時工作人員和演員們都圍在玄關大廳的布景前——當妳用看到幽靈的表情指著二樓時，我就從大樓梯跑上布景二樓。如果原本在二樓布景後方的人從後面的樓梯走下去，應該會被誰看到才對，可是並沒有。」

「看……看吧！沒人從樓梯走下去，表示二樓本來就沒有人啊。那果然是幽靈沒錯嘛！」

「不，既然如此，當時和田先生不在二樓這件事就很詭異了。」

「咦……？」

「直到拍攝開始之前，我都沒看見和田先生從布景二樓走下來。可是騷動發生後，和田先生卻打開攝影棚大門走回來。很奇怪吧，和田先生是什麼時候，又是怎麼到外面去的？——我猜答案就是布景後面的那個窗框吧。下方有一排大垃圾桶，和田先生應該就是從窗戶跳到那個垃圾桶上。當我從窗戶往下看時，他大概躲在垃圾桶裡頭。」

「那……那只是老師剛好沒看見他走下來而已吧？攝影棚那麼大，人又很多，沒看到是理所當然的呀，你到底在說什麼啊？」

「——很遺憾，唯獨我這雙眼是不可能錯過的。」

高槻這麼說，臉上還是平常那副笑容。

他用纖長的手指滑過自己的眼睛，像是在描摹輪廓。

「雖然確實有看不見的死角，但大門一直都在我的視線範圍內。既然在視線範圍內，我就全都看得一清二楚，也會鮮明地記在腦海裡。我的眼睛從以前就比別人稍微好一點，記憶力也不錯。」

「這……這根本毫無證據啊！你從剛才就在胡說什麼呀！」

更紗大聲嚷嚷起來。

高槻不顧她的激動，繼續說道：

「而且和田先生也在撒謊。他說以前有女演員在那個攝影棚自殺，不是用聽說的語氣，而是斬釘截鐵地說『以前有個紅不起來的女演員在這個攝影棚自殺』。所以我後來請刑警朋友查了一下，是不是真的有這起自殺案件——答案是NO。」

「什……」

更紗的嘴一開一闔，彷彿啞口無言，或許沒料到高槻會調查到這個地步吧。

「然後，濱村先生也在撒謊。我向他請教那個攝影棚的音效問題時，他竟露出尷尬又為難的表情，說話方式也含糊不清，我就覺得他應該不想聊這個話題。但試著拋出其他拍攝現場經歷的離奇現象話題時，他又毫無窒礙地侃侃而談。我猜濱村先生很善良吧，是不會撒謊的那種老實人，從表情和態度就能看出來——藤谷小姐，如果要找人幫妳撒謊，可要慎選對象才行啊。和田先生也就罷了，選濱村先生實在是大錯特錯。」

更紗的面部僵硬，氣得咬牙切齒。

尚哉再次驚訝地抬頭看向高槻。

當時高槻沒有仰賴尚哉的耳朵，就已經看穿所有謊言了。

高槻繼續說道：

「既然和田先生跟濱村先生的證言都不屬實，那攝影棚出現幽靈這件事頓時就失去可信度了。也就是說，一開始聽到的那個音樂盒的聲音也是妳的計謀。是妳或妳拜託的某個人搞的鬼吧，畢竟只要利用手機，馬上就能放出音樂了。啊啊，說不定是宮原小姐做的呢。聊到音樂盒的話題時，她的態度也不太對勁。」

更紗的視線瞬間動搖起來，看來一切都如高槻所說。

當更紗提及攝影棚發生的離奇現象時，宮原確實只在音樂盒這件事插了嘴。那或許是她感到內疚的表現吧。

「……不對，我沒有、說謊。」

即使如此，更紗仍像是要從緊咬的牙關間擠出聲音般，努力說出這句話。

彷彿被咬碎的聲音刺耳地嘎嘎作響，顫抖不已。

「我在那個攝影棚看到幽靈……真的看到了！」

「是『白衣長髮的女子』幽靈嗎？當說出這句話時，我就懷疑妳在撒謊了。」

更紗死命掙扎，高槻卻只是微笑著攻擊她的弱點。

「妳口中的『幽靈』故事，整體來說還是太草率了點。妳應該是想塑造一個大家都會認為是幽靈的形象吧？」

「……什麼形象，草率又是什麼意思？」

「我指的是幽靈的外觀。」

說完，高槻轉向書櫃，用手指滑過並排的書背。

「自古以來，幽靈就是深受文藝與藝術圈喜愛的題材，有『亡者之魂』這個意義在，因此通常會被冠上生前的姓名，也有阿岩或阿菊這種以個人姓名廣為人知的幽靈故事流傳至今吧。不過，有很多幽靈的故事是描述在某個地點出現陌生人的靈魂。以前的幽靈出現時大多會闡明自己的姓名與身世，可是故事一多，幽靈是哪裡來的某某某這些生前資訊就不是那麼重要，變成用『幽靈』一詞就可以概括的存在。近世雖然有很多以幽靈為題材的繪畫作品，但幾乎都不是『有名有姓的幽靈』，而是普通的『幽靈』。」

高槻用上課的語氣這麼說，並從書櫃抽出一本書，書名是《全生庵藏・三遊亭圓

朝收藏　幽靈畫集》。似乎是夏天時去看的那場幽靈畫展的型錄。

「像這樣用『幽靈』一詞全數概括引發的現象，導致外觀被類型化，衍生出幽靈就是這副模樣的固定概念。過去一般都是亡者穿的白色和服及一頭亂髮，近世所描繪的幽靈絕大多也是這種形象。受到這個時期的幽靈畫影響，日本的幽靈一直以來都是沒有腳的。」

說著說著，高槻將書本攤開，向更紗展示裡面的內容。那一頁刊載的是圓山應舉所畫的《幽靈圖》，是個穿著白色和服的長髮女子，沒有雙腳。

「可是現代的怪談，特別是在影像類的鬼故事中，基本上都被身穿白衣、長髮披在臉前的女子這個形象支配了。在夏天經常播放的『恐怖靈異影像特輯』節目中介紹的影片，絕大多數的幽靈都是這種類型。我很喜歡那種節目經常收看，所以非常清楚現代人對幽靈抱持的印象是什麼。」

高槻面帶微笑地繼續說著，心情似乎比先前還要開心不少。每次聊到喜歡的話題時，這個人的表情總像孩子一樣歡樂。

「跟以往的幽靈不一樣的地方，自然會想到從白色和服轉變成白色衣服，但『白衣長髮女子』這個形象是如何流傳與固定下來的呢？近年被稱為日式恐怖的日本恐怖片就是幕後推手。由於電影中出現的幽靈大多有腳，所以近期幾乎看不見無腳的幽靈了。」

這次他又拿起一個資料夾，拿出上課時發給同學的講義，上面載有《七夜怪談》和《咒怨》中出現的怨靈照片。印象中貞子和伽椰子都有雙腳。

高槻將那份講義遞給更紗，繼續說道：

「喏，妳說攝影棚裡出現的幽靈，是不是跟這些很像？所以才說妳的故事結構太草率了。雖然事先捏造出女演員死在攝影棚的故事，但出現的幽靈造型未免也太模式化了。倘若將幽靈定義為『亡者會以生前的模樣現身』，那亡者的模樣應該會各不相同。至少不要選貞子這種類型，塑造得更有真實感一點比較好。」

「別……別小看我！」

更紗用力將高槻遞出的講義一把揮開。

被彈開的紙張飛到天花板附近，又輕飄飄地落了下來。高槻一臉驚訝地伸出手，靈巧地抓住飛在空中的紙張。

更紗的肩膀上下起伏，瞪著高槻說：

「我真的有靈能力。為什麼要單方面斷定這是在說謊呢？你不是沒有靈能力嗎？那應該無法證明我沒有靈能力吧！我看得到！沒錯，這個房間裡也有幽靈！你看，就在那邊！那個書櫃的陰影處也有！你們都看不見吧！」

更紗指向研究室各處，用極度歪曲的聲音大聲嘶吼，讓尚哉面部扭曲摀住雙耳。她的音量太大，讓人聽了相當難受。

「啊啊，請不要大呼小叫，藤谷小姐。我的助手都要昏倒了。」

高槻將手放上尚哉的肩。

「我們確實沒有可以稱之為靈能力的力量，可是——至少有能聽出妳說的這些話並非事實的力量。」

「什麼意思啊！」

「就看妳如何解釋吧。」

高槻再次露出和善的笑容。

他讓尚哉坐在門邊的椅子上，再拿另一張椅子給更紗坐。

「請坐，藤谷小姐。先冷靜下來，我們再多聊一會吧。我去準備飲料。」

說完，沒等更紗回答，高槻就逕自走向窗邊的小桌。更紗怒氣沖沖地瞪著他的背影，最後自己將椅子拉到身邊坐了下來。

過了一會，高槻手上端著托盤回來，托盤上放著自己的藍色馬克杯、尚哉的狗狗圖案馬克杯，以及訪客用的馬克杯。

看到放在眼前的迷幻風大佛圖案馬克杯，更紗的臉瞬間抽搐了一下。

「……這是什麼？」

「熱可可。甜食有助於舒緩心靈。」

高槻這麼說，刻意不提杯子的圖案。

他在更紗對面的座位入座後，果然將放有熱可可的藍色馬克杯拿到手邊喝了一口。露出滿意的微笑後，再次看向更紗。

「好了，藤谷小姐。雖然我已經對妳的靈能力話題沒興趣了，但很好奇妳這麼做的動機。我對人的感情尚有理解不周之處，所以不太清楚。妳為什麼想推遲自己這部電影的進度呢？」

更紗將視線落在眼前的馬克杯上，陷入沉默。

高槻不顧她的反應，繼續說道：

「為什麼想掀起幽靈之亂？是不想演出那部電影嗎？還是討厭B級恐怖片？但妳之前說過要在這部電影賭一把，我認為那句話是真心的。宮原小姐和其他工作人員也都說過妳很重視那部電影。到底是為什麼呢？」

面對排山倒海而來的提問，更紗還是緊咬牙關神色凝重。像貓一樣的那雙眼睛深處，洶湧的情緒正在激烈翻騰。

可是，感覺下一秒就要撲向高槻的那份激動，在更紗深深嘆一口氣的同時，也被鎮壓下來了。

她換了一張臉，變得冷靜又沉著，彷彿剛才暴露在外的情緒都被塞進面具底下似的。

「……我只是不想被埋沒而已。」

這句呢喃的聲音相當平緩。

更紗蹺起纖細的雙腿，手肘用完美計算過的角度靠在桌上撐起下顎。更紗擺出宛如寫真集的姿勢，以及徹底控制情緒的表情，看著高槻說：

「女演員啊，年輕的時候就像鮮花。只要趁年輕貌美的時候推出話題作品，讓名聲家喻戶曉的話，就能被捧上好一陣子。電視劇、電影、廣告的工作接不完，名聲就會傳得更廣，又會增加後續的工作機會。經紀公司也會費盡心思幫忙宣傳——可是，這僅限於二十五歲以前。只要沒有下一個話題作品加持，工作就會越來越少，就算有，也不會是女主角，只是女二女三而已。要是被後面出來那些更年輕可愛的女孩不斷往前推，馬上就無路可退，經紀公司的支援和宣傳也會驟減。公司已經漸漸不想幫我宣傳，登上電視和雜誌版面的機會變少之後，人氣就會衰減，這些我都知道。」

更紗語氣平淡地這麼說。

這麼說來，宮原也說過，藤谷更紗正面臨最關鍵的時期。要是現在沒辦法存活下來，工作就會越來越少。更紗自己也明白這一點。

「從以前到現在，藤谷更紗的代表作就只有出道作《在森林沉睡》，大家都說其他作品根本難以超越……沒錯，所以最近連上電視的機會都變少了。可是啊，無意間在參演的綜藝節目上說『有看過幽靈』之後，隔天就被寫成網路新聞四處流傳，蔚為話題了。」

更紗喉嚨深處發出「呵呵呵」的笑聲。

「然後，你們猜發生了什麼事？我的綜藝通告變多了。雖然被冠上『靈能力女演員』這個稱號，而且大部分都是被搞笑藝人圍著調侃的節目，但上電視的機會增加了。因此我的國民認知度節節攀升，戲劇類工作也慢慢增加。」

「啊啊，這麼說來，之前聽說過電視圈就是得靠販賣形象維生呢。」

高槻這麼說。

「這個女演員是清純型，這個男演員是時尚都會型，這個偶像是可愛型，這種方式感覺比較好推銷吧。不論是廣告還是電視劇，順著事先營造好的形象去演就很輕鬆，觀眾也容易接受。而且世人——已經接受妳被冠上的『靈能力女演員』這種形象了吧。」

所以更紗只能繼續演下去。

扮演自己創造的「靈能力女演員」這個角色，一輩子都得貼合這個形象。

「……只是呢，靠這個形象得來的工作邀約，果然跟年輕時不一樣了。」

更紗輕聲嘀咕著，嗓音中帶著一絲苦笑。

她一手撩起烏黑長髮，看著高槻說：

「盼了這麼久才到手的主演電影，居然是恐怖片，這種類型根本不能賣座嘛。而且導演毫無知名度，又不是改編自暢銷小說作品。可是，這不代表沒辦法拍出好作品。導演的影像品味相當獨特，劇本方面光看大綱可能會以為是B級電影，但其實下了很多工夫。也有許多優秀的人才加入美術組——但果然還是不行。」

更紗舉起一隻手揮了揮，又呵呵笑了起來。

「因為根本沒有人願意讓我們宣傳啊，連媒體都不想給我們太大版面，也沒有人來採訪。不管做出多棒的電影，只要觀眾不知道世上有這部電影存在，那就是枉然。我認為再這樣下去，這部電影就會乏人問津，最後只會在少數幾間電影院上映，馬上就下檔結束。」

「也就是說——妳認為這場幽靈之亂可以當作電影的宣傳？」

高槻用終於恍然大悟的表情點點頭。

更紗用風情萬種的動作聳聳肩，點頭回應：

「是啊。在恐怖片拍攝現場真的發生離奇現象，應該能掀起一點話題吧？說穿了，都是多虧了我的『靈能力』形象，這部電影才會來到我手上。電影預計在明年夏天上映，正好是電視播放怪異特輯的季節，到時候媒體可能會為我寫一篇『在攝影現場撞鬼的女演員』的報導呢。喏，高槻老師之前不也上過類似的節目嗎？只要說老師還特地到攝影棚調查，包裝宣傳一番，就更有機會被拿來做成企畫了。畢竟老師當時上那個節目時，網路上還爭相討論『那個帥哥副教授是誰』呢。」

「不好意思無法完成妳的願望，我已經不想再參加那種節目了。」

「是嗎？真可惜，期望落空了。」

「——宮原小姐知道妳的所有計畫吧？」

高槻問道。

更紗點點頭。

「知道呀，她被我嚇呆了呢，還罵我傻……但問那經紀公司會不會在我身上多花點宣傳費時，她就乖乖閉嘴了。沒錯……就是這樣，就是這麼一回事。所以我……也是出於無奈啊！」

更紗的嗓音又變得激動起來。

她臉上浮現出相當真實的情緒，像是把面具狠狠摘掉了似的。銳利的雙眸湧現出淚光，狠狠瞪著高槻。

「是啊沒錯，這麼做都是為了出名！拍攝進度稍微推遲一點，根本不會有什麼影響！一定要把電影擺到世人眼前才行，要是埋沒了這部電影就不可能賣座了啊！不管導演拍出多好的畫面，演員發揮多精湛的演技，眾多工作人員貢獻多厲害的技術……只要沒有觀眾，就一點意義也沒有了！所以、所以我才……」

最後幾個字消失在哭聲之中。

更紗低下頭，注意不讓淚水弄花妝容，並從要價不菲的包包中拿出手帕輕輕拭淚。

隨後，更紗又深深地嘆了口氣。她的情緒再次收束，立刻變回女演員的表情。

更紗或許也是用這種方式一路走來的吧。如果不是寫在劇本上的要求，女演員是不能哭的。以往都是用一個深呼吸，將所有淚水和怒火壓回心底深處，在鏡頭面前裝出美麗大方的模樣吧。

「——這就是一切的真相，我已經全招了。高槻老師，你滿意了嗎？」

更紗從正面狠狠地盯著高槻看，兩邊嘴角微微上揚。

「不好意思，給你添麻煩了。你是不是覺得我這個女演員又蠢又難看？」

「沒有……在某種意義上，我認為妳很誠實。」

高槻搖搖頭說。

這一次，更紗發出了「啊哈」的笑聲。

「這些安慰的話就免了。想笑就笑吧，這樣我比較痛快。」

「我不會嘲笑妳，就跟那個攝影棚的工作人員不會嘲笑妳一樣。」

更紗忽然閉口不語。

高槻直盯著更紗，用平穩的嗓音告訴她：

「『希望假裝那個攝影棚會鬧鬼』，妳是這樣拜託和田先生跟濱村先生的吧？他們應該可以拒絕要求，卻沒有這麼做，而是選擇配合妳的謊言。這不單單是因為屈服於主演女演員的威嚴之下……我猜妳也把剛才對我說的這些話，老實地告訴和田先生他們了吧？」

更紗那雙始終散發強烈光芒的眼眸，只消一瞬就泛起了淚光。

她的所作所為一定不是正確的。在旁人看來或許是極度難堪，身為女演員不該有的行為。再說站在現場工作人員的立場，拍攝進度延遲應該是麻煩透頂的事，一般而言都會覺得幽靈之亂是愚蠢至極的點子。可是，和田和濱村都乖乖順了更紗的意。

因為更紗就是如此拚命。

因為他們也不希望這部電影被埋沒。

「話雖如此——我覺得幽靈之亂還是到此結束比較好。再怎麼說，導演都太可憐了。」

「……嗯，我知道了。」

聽高槻這麼說，更紗也老實地點點頭。

接著，她將放在眼前的馬克杯拿過來喝了一口，輕聲說了句「好甜」。

「我好久沒喝熱可可了。高槻老師，你是螞蟻人嗎？」

「建議妳可以積極攝取甜食喔。糖分是大腦非常重要的營養來源，也有研究發表指出，攝取甜食可以獲得欣快感。」

「怎麼可以對必須管理身材的女演員說這種話呢。」

「如果不能自由品嘗甜食，那我果然不適合演員這條路。」

高槻將自己的熱可可送到嘴邊，露出幸福洋溢的笑容。
隨後，高槻將杯子輕輕放在桌上，再次看向更紗。
「——《在森林沉睡》。我非常欣賞妳在出道作中展現的演技。」
更紗用雙手包覆著馬克杯，低下頭說：
「……謝謝你，大家都這麼說。可是，我再也接不到那種奇蹟般的角色了。」
「妳現在也是一名優秀的女演員啊。我很期待電影上映。」
更紗的肩頭微微震顫起來。
可能是在笑，也可能是在哭。垂下的髮絲遮住她的臉，從尚哉的方向看不見她的表情。
「謝謝你——我想像打不死的蟑螂一樣，在演藝圈待到變成老太婆為止。如果願意繼續支持我，我會很開心的。」
更紗用沒有絲毫扭曲的堅毅嗓音這麼說，抬起頭來。
接著將雙手捧著的杯子拿到嘴邊一倒，一口氣喝完。
喝法雖然很豪邁，但喝完之後，更紗的臉還是用力地皺成一團。
「嗚哇，好甜！等等，高槻老師，你居然有辦法喝這種東西！」
「我超愛的。需要的話，我倒杯水給妳吧。」
「不必了——我要走了。」

說完，更紗便站起身。

高槻說：

「我送妳到樓下吧？」

「沒關係，我可以一個人回去。謝謝你招待的熱可可。」

更紗往房門走去，高跟鞋底踩得喀喀作響。

當更紗準備伸手開門時。

「——啊啊，藤谷小姐，有件事忘了問。」

高槻對著她的背影喊道。

更紗停下腳步，高槻朝她的背影開口問：

「妳到底為什麼要捏造『有靈能力』這個謊言？」

聽到高槻的疑問，更紗沉默了幾秒。

接著，她依舊面對著房門說：

「小時候，我真的有看過。」

「咦？」

「大概在小學以前，我常常看見幽靈。在脫口秀上說過看到祖母幽靈的事吧，那個不是編出來的。」

高槻睜大雙眼轉頭看向尚哉，尚哉也一臉驚訝地跟高槻對上視線並搖搖頭。他完全沒有從更紗的嗓音中感受到一絲扭曲。

既然如此，在脫口秀時曾經讓尚哉懷疑耳朵出問題的更紗的故事，本來就是千真萬確的事實。

「因為說了大家都不相信，當時就決定假裝自己看不見。結果不知不覺中，就真的看不見了……不相信也沒關係，覺得我在撒謊也無所謂。」

「不，我相信妳！」

高槻急忙從座位上起身說道。

「所以能不能再跟我聊聊那件事呢，藤谷小姐——」

「不好意思，下次吧。」

說完，更紗打開房門走了出去，同時轉頭越過肩膀看向高槻。

她臉上露出立刻就可以投入廣告拍攝的美豔笑容。

「我還要準備明天的拍攝。老師說得沒錯，往後我要拿出認真的態度，全心投入女演員這條路。再會了，高槻老師。」

高槻慌忙地想要衝上前去，更紗卻在他眼前「啪噠」一聲關上了門。

聽得出再也不會止步停歇的規律腳步聲，在走廊上漸漸遠去。

「……啊啊啊啊，怎麼這樣……」

高槻維持緊緊挨著房門的姿勢，當場無力地蹲坐下來。尚哉用請節哀的眼神低頭看著他。

「放棄吧，老師。現在追過去也不太妥當。」

「嗯，我也這麼覺得……但沒想到其中居然有真實的經歷。」

「抱歉，因為前陣子我的耳朵不太靈光。」

「唉唷，不是你的問題啦……」

高槻還是蹲坐在地上，只是轉換方向面對尚哉。可能是還沒有力氣站起來吧，他就維持這個姿勢，再度頹喪地低下頭。

尚哉低頭看著那個埋在柔順褐色髮絲裡的髮旋，輕聲嘀咕道：

「對了……」

「咦？」

高槻抬起頭。微微歪著頭仰望尚哉的樣子真的像極了狗，讓尚哉一時間不知該說什麼。他不禁想起以前養的那隻黃金獵犬。

「是說老師……就算沒有我，你也能自己看穿誰在撒謊嗎？」

「嗯，如果是稍微思考就能看穿的謊言，基本上都可以。」

高槻答得很爽快。尚哉帶著半分確信和半分覺得狡猾的心情，低頭看著高槻。

「那怎麼不在那個攝影棚全都說出來？這樣一來，這件事就能馬上解決了。」

「你問我為什麼……當時導演氣得火冒三丈，大家的情緒也很激動啊。我這個超級局外人要是在那個地方自以為是地說這些話，只會把局面鬧得更混亂——而且，有一件事我還沒弄明白。」

「沒弄明白？」

尚哉心想，高槻居然也有弄不明白的事情啊。

高槻說：

「深町同學為何不把耳朵出問題的事情告訴我呢？我始終不明白。」

「咦……」

尚哉瞪大雙眼。

「難道……老師早就發現我耳朵出問題了？」

「嗯。抱歉，深町同學，因為我不清楚你的想法，所以才沒說出來。而且我一直在觀察你的狀況……真不好意思。」

高槻維持蹲坐的姿勢看著尚哉，頭又往旁邊歪了一點。

啊啊——尚哉一隻手摀住了臉。

是啊，高槻怎麼可能沒發現呢？這個人那麼善於觀察他人，頭腦又聰明，一定馬上就發現尚哉不對勁了吧。

這人真的很狡猾。他確實不會說謊，但也不會把話全說出口。

「深町同學，你生氣了？」

「我、我哪有生氣啊！——對了老師，既然你能自己看穿謊言，就不必每次都帶著我去調查啊！不管是帶路還是常識擔當的工作，其他人都可以做啊！」

「咦？才不要呢，我只要深町同學。之前也說過了吧。」

「……為什麼啊？」

「別說這些了，深町同學為什麼不把耳朵的事情告訴我？」

高槻站了起來。

他彎下腰，從上往下注視著坐在椅子上的尚哉。

尚哉下意識閉上眼睛。他覺得現在近距離看著高槻的眼睛太危險了。只要看著高槻的眼睛，就會把不想說的話都說出口。

但無論如何——尚哉也覺得是該告訴他才行。

否則可能再也不能來這間研究室了。

「因為……」

尚哉將目光從高槻身上移開，開口說道：

「因為，要是我的耳朵恢復正常……變得跟其他人一樣的話，老師可能就不再需要我了。一想到這裡，就……說不出口。」

尚哉用含糊不清的口氣嘀咕著。果然很難啟齒。他知道自己的行為非常幼稚，感到無地自容。

這時，高槻忽然垂下頭。
他直接轉向一旁，用手摀住嘴巴。
但沒能抑制住的笑聲還是從鼻子噴出來，最後高槻還是把手放開了。
「——呼、哈、啊哈哈哈，什麼，什麼嘛，居然是這種理由……啊哈哈哈哈！」
「老、老師，這有什麼好笑的！」
滿臉通紅的尚哉看著忽然大笑出聲的高槻。
高槻還是笑個不停，整個人笑彎了腰。
「當然好笑啊！哈哈，你真傻，居然在想這種事！」
「居、居然笑我傻！這種時候怎麼可以笑我！」
「因為你真的太傻啦。你聽好了，深町同學，除了你的能力之外，我姑且還是會尊重你的人格。」
「竟然說這種話……平常老師一發現不是真正的怪異現象之後，就會馬上失去興趣不是嗎？那我……」
「啊啊，就是這個想法才蠢。深町同學，我是不會放開你的。」
高槻再次凝視著尚哉的臉龐，繼續說道：
「不論是我還是你——就算失去這股力量，過去的經歷也不會改變。」
尚哉被這句話嚇了一跳，忍不住抬頭看向高槻。

眼前是那對夜色般的眼眸。

先前飯沼說的那些話果然只是胡扯，這雙眼才不是隨便用因為混了西方人的血統這種理由就能解釋的。他從來沒看過眼睛是這種顏色的人，彷彿在深不見底的黑暗中遍撒了無數星辰。沒錯，這跟以前尚哉參加那場深夜祭典時看見的夜空一模一樣。

「就算毀了我這雙眼，燒爛背上的傷痕，我的過去依舊存在一個月空白的這個事實也不會消失。如今我會變成這樣，是因為經歷了那場過去，你也一樣，深町同學。你過去的經歷，造就了現在的你。吶，深町同學，我們是同類。我們都是從過去的某一個點——偏離了以前走過的路，改往截然不同的方向走去。而那個地方跟普通人走的路有點不一樣，就像是現實與異界的境界線。」

事到如今，已經回不去以前那條路了。高槻明白這一點。尚哉也很清楚。高槻說得沒錯，失去耳朵能力的那段期間，能不能活得比之前更自由呢？完全沒有。

彷彿身處現實與異界的境界線上，眼前的景色跟普通人所見的世界有些不同。尚哉和高槻要在這種地方繼續走下去。即使有人陪在身邊，也總覺得只有自己身處不同的立場，或許就是這個原因吧。

啊啊，所以高槻過去才會不斷對尚哉說那些話。

「希望你留在我身邊」、「有你陪著我，我很開心」——這些都是高槻的真心話。

在絕對沒有光明可言的境界世界中，高槻選擇了尚哉與他同行。

「沒錯，所以——你的煩惱全都是杞人憂天。」

高槻微微一笑。

夜色般的眼眸變回充滿親切感的焦褐色，尚哉輕輕嘆了口氣。

「……對了，老師。」

「嗯，怎麼了？」

「距離太近了啦！」

尚哉用雙手將高槻推開，接著說道：

「你也該學學日本人的社交距離了吧。是我也就算了，要是每次都對女性做這種事，總有一天真的會被告上法院喔！」

「我知道日本人的個人空間很廣啦，可是你不覺得，靠近一點才能摸清楚對方的想法嗎？感覺能看出藏在眼眸深處的真相。」

「誰知道啊。」

被尚哉推開後，高槻面帶苦笑地開始整理周遭。他將方才拿出的書和資料夾放回書櫃，伸手準備收拾更紗用過的馬克杯，這時忽然露出恍然大悟的表情。

尚哉正疑惑是怎麼回事，高槻的表情彷彿在說剛剛忘了一件非常重要的事。

「啊啊啊……糟糕，忘記跟藤谷更紗要簽名了……！」

見高槻抱著頭這麼說，尚哉忍不住噗哧一笑。

「老師，難道你是她的粉絲？」

「沒有，不是我啦，是阿健。」

「——咦？」

這麼說來，佐佐倉還特地來看校慶的脫口秀。

當時本人雖然矢口否認，但果然是粉絲沒錯，不過有點意想不到就是了。

「怎麼辦，現在追過去來不及了吧……」

「應該吧。是他拜託你的嗎？」

「也不是……因為阿健平常很照顧我嘛。」

高槻用萬念俱灰的表情這麼說。

他拿在手上的馬克杯，上面還留著更紗紅色的唇印。這麼說來，感覺研究室的空氣中還有一絲她身上殘留的香水味。

——藤谷更紗以前看得到幽靈。

曾經擁有這股力量的過去，會對現在的更紗造成什麼樣的影響呢？明明看得見幽靈，卻始終假裝看不見這一點，或許跟她現在得在眾人面前展現演技的女演員職業有所關連。

結束這場鬧劇後，她說往後要拿出認真態度，全心投入女演員這條路。聲音沒有一絲扭曲，非常乾淨清晰。

但願她如今走的這條路能通往她的夢想。尚哉轉頭看向更紗走出去的那扇門，如此心想著。

第三章　奇蹟之子

十一月也將近尾聲，季節馬上入冬了。

街上的聖誕歌曲從未停歇，閃閃發亮的燈飾妝點了行道樹，不管走到哪裡都一定會看見聖誕樹。連大學生協也不意外，有一棵被金蔥彩帶和棉花雪裝飾的假冷杉樹穩穩地立在門口迎接學生。冬天這個季節雖然寒冷，卻也帶著浪漫與華麗的氣息。

但高槻在今天的「民俗學Ⅱ」課堂上，依舊在聊跟浪漫二字扯不上邊的怪談。順帶一提，今天的主題是人面犬。

「所以呢，人面犬在一九八九～九〇年間在日本全國掀起話題，不過這股流行的幕後推手正是新聞媒體，所有媒體當時都大肆報導人面犬。過去口耳相傳的傳言與都市傳說，透過電視及雜誌等媒介，會產生爆炸性的流行風潮。當那個都市傳說從媒體版面消失的同時，也會悄悄銷聲匿跡。沒有人轉述的怪談會從人們的記憶中漸漸淡去，最後消失不見，是非常可悲的現象。」

這種話題一點也不浪漫，但至少對他來說算是一種浪漫吧。高槻說話時眼睛像孩子一樣閃閃發光，果然很開心的樣子。

「有趣的是，人面犬這個都市傳說後續掀起了『人面』風潮。這是因為媒體看準人面犬的流行，開始尋找有沒有其他看起來像人臉的東西，其中最有名的是人面魚。雖然是山形縣善寶寺這間寺廟的池塘裡的鯉魚，但一九九〇年被ＦＲＩＤＡＹ雜誌報導後，就頓時吸引了眾人的目光，像是與人面犬接替般掀起話題。資料⑤有照片可以參考。」

高槻指示的資料上，有人面魚的複印照片。那應該是條鯉魚，卻真的有人的五官。雙眼上方甚至還有微微凸起的額頭，感覺就像輪廓深邃的男性臉龐。

「人面犬是人面狗身，這個不一樣，單純只是鯉魚的模樣看起來像人臉而已。人類本來就對看起來像臉的東西很敏感，就算原本不是臉，只要配置看起來很相近，就會覺得那是一張臉。各位聽說過『擬像現象』這個詞吧，指的是將三個圓點排列成倒三角形，看起來就像人臉的現象。另外也有『空想性錯視』這種說法，即使知道眼睛和耳朵接收到的情報並非如此，卻還是會轉換成自己熟悉的概念進行認知。比如總是把牆上的汙漬看成人臉，看見兔子在月球表面搗藥的圖案等等，每一種現象都是錯覺，實際上並不存在——儘管如此，這隻人面魚還是掀起了巨大風潮。全國各地的人都跑來看這隻魚的真面目，甚至連人面魚饅頭這種商品都賣得嚇嚇叫。因為人面魚棲息的池塘有龍王龍女的傳說，也有人開始膜拜人面魚，認為牠是吉祥的象徵呢。」

仔細想想真的很奇妙。在登上媒體版面之前，這條鯉魚應該從很久之前就住在那個池塘裡了，卻只由於被媒體報導了一次就引來關注。來自全國各地的信眾只是來膜拜一條鯉魚，就心滿意足地回家了。

「這條人面魚的熱潮衰退後，千葉縣的人面樹又再次掀起討論。生長在公園裡的櫸樹因為切口像極了人臉，不但被報章雜誌報導，還被電視節目介紹，結果果然吸引一窩蜂人造訪，只為了親眼目睹。後來還衍生出觸摸樹木就能獲得庇佑的說法，還設置香油錢箱，受到神明般的禮遇。明明沒有任何根據，就只是一棵樹而已——各位應該覺得很奇怪吧？但其實這種現象很有日本的風格。畢竟這個國家自古以來就有流行神的文化。」

高槻在黑板寫下「流行神」三個字，標註了「HAYARIGAMI」的讀音後，繼續說道：

「所謂的流行神，是指某個時期突然出現，造成短暫的流行熱潮後，立刻被遺忘的民間信仰神靈。跟宗教性質的神靈不同的是，誰都可以創造出來，信仰對象不是神佛也無所謂。比如在七世紀受到信仰的『常世神』，雖然被尊奉為帶來富貴與長壽的神，但其實只是普通的毛毛蟲而已。資料⑥是《日本書紀》第二十四卷的記載，上面寫道『東國不盡川河畔，有一人名喚大生部多，勸村人祭祀一種蟲並說「此為常世神，祭拜此神者可得財富與長壽」』。這人可能有巫師同伙，導致許多人信以為真，不惜散盡家財也要信仰這種蟲，造成了連《日本書紀》都留下記錄的社會現象。」

高槻面向黑板寫下「常世神」三個字，又在下面畫了一個形狀難以言喻的物體。他想畫的應該是毛毛蟲，但說是花林糖感覺也滿合理的。高槻雖然受到老天不少眷顧，卻完全沒有繪畫的才能。

「江戶時代也有流行神的風潮，有許多流行神被創造後又消失無蹤。被退回二手商店的來路不明佛像，被視為法力靈驗的佛像受人崇拜。橋梁欄杆上的擬寶珠裝飾，被拿來祈求不要頭痛和牙痛——像這樣任誰都能隨便創造神明的行為，就是來自於日本人多神信仰的文化吧，如果是一神教國家可就行不通了。正因為世間萬物皆有神靈的國情影響，才會不斷有新神明誕生又消失。人們口耳相傳使流言擴散的現象，跟現在都市傳說的散布方式非常類似。」

也就是說，人類會對自己想相信的事物深信不疑吧。尚哉這麼想。

而且不受特定宗教束縛的日本人，信仰對象就五花八門了。畢竟秋天會舉辦萬聖節派對，冬天會裝飾聖誕樹，過年去神社參拜，中元節還會去寺廟掃墓。只要聽說可以獲得庇佑，或許真的連毛毛蟲或擬寶珠都願意祭拜。

此時下課鈴響，課程結束了。尚哉將上課時脫下放在包包旁邊的大衣重新穿好，從座位站起來。

今天上課前，尚哉收到高槻傳來的訊息，說要談打工的事，請他下課後來研究室一趟。日本是連毛毛蟲都能變成神明的國家，或許也會接二連三地出現讓人想找大學老師商量的怪異事件吧。

來到高槻的研究室後，高槻馬上讓尚哉看委託人的信件。

尚哉看著筆電螢幕上的委託信件，疑惑地歪著頭問：

「這個『奧多摩的奇蹟少女』是什麼？」

「我也不太清楚。最近好像慢慢開始流傳起來了。」

高槻這麼說。

委託人是住在東京的上班族男性，委託內容是「最近我爸媽好像沉迷於新興宗教，能幫忙調查嗎？」

疑似新興宗教的東西，就是「奧多摩的奇蹟少女」。

「奧多摩的奇蹟少女……是不是新宿之母那種類型？」

「好像跟那種占卜師不一樣。我稍微查了一下，在搜尋網站上也很熱門呢。」

說完，高槻就開始操作電腦，讓尚哉看搜尋畫面。畫面上一整排都是透過關鍵字查出的網站資訊。

高槻點開其中一個連結，就跳出看似個人部落格的頁面。

「這是我今天聽到的消息。各位知道『奧多摩的奇蹟少女』嗎？

在一場車禍中，客運上的乘客全數罹難，卻只有一個女孩子活了下來。

明明是無法挽救的嚴重車禍，不知為何只有那孩子毫髮無傷。

簡直就是奇蹟。她一定是受到神明的庇佑！

為了祈求這股神力，最近去拜訪那個孩子的人急速增加。

我朋友也去了，還把拿到的護身符戴在身上。

有一次他從樓梯上摔下來，居然毫髮無傷。

說不定真的有神力庇護呢。

我決定下次也要去參拜這位奇蹟少女！」

其他的文章和推特投稿，基本上都是類似的內容。其中有些網站還詳列了「奧多摩的奇蹟少女」的住址及地圖。

可是並沒有找到感覺像「奇蹟少女」本人搭建的網站，全都是聽到謠言的人和實際拜訪過的人寫的內容。

雖然沒有任何網站上傳少女的名字和照片等情報，卻有幾個提到了少女被捲進的那場客運車禍。

根據上面的描述，車禍是發生在今年五月。一輛載著小學生前往奧多摩遠足的客運，不慎翻車摔進奧多摩湖中。

車上有小學四年級的學童、班導以及司機。客運有三輛，正好一個班級一輛，翻車的就是其中一輛。車禍原因是司機突然心臟病發，除了少女以外的所有人都罹難了。因為是相當嚴重的車禍，尚哉也記得當時媒體有大肆報導一番。

「奇怪，這些孩子是念杉並區的小學吧？『奇蹟少女』的住址怎麼會變成奧多摩町？」

「看了日期比較舊的文章也有寫出杉並區的住址，可能是最近搬過去的。」

高槻這麼說，同時操作著電腦。

不過，總覺得這次的委託類型跟平常不太一樣。

「在無法挽救的嚴重車禍中平安生還的少女」，確實非常不可思議，可是要說這算不算離奇現象，似乎又不大相同。應該不是高槻會喜歡的故事類型。

證據就是，碰到喜歡的題材就會兩眼發光緊咬不放的高槻，現在卻莫名冷靜。但他或許還是有些在意，調查跟少女相關的文章時，眼神異常嚴肅。明明平常就算馬上失去興趣也不足為奇。

尚哉心想感覺不太對勁，並向高槻詢問：

「老師，你要接下這個委託嗎？」

「嗯，總之想先去把情況問清楚。深町同學，你什麼時候有空？」

「我隨時都可以，只要錯開必修課的時間就行。」

「是嗎？那我先跟對方取得聯繫。時間地點確定後再通知你。」

高槻面帶微笑地說。

那個笑容看起來一如往昔——不過從這個時候，尚哉心中就有一種無法領會，卻又說不上來的不協調感了。

幾天後的晚上，他們在荻窪的家庭餐廳與那位委託人見面。

這位體型矮小，感覺四十幾歲的男性名叫川上由紀也。他穿得像個剛從公司下班的上班族，遞出的名片上寫著知名的食品製造商。

川上來得有點晚，向高槻打招呼的時候，戴著圓框眼鏡的和藹臉孔浮現出一絲惶恐。

「啊啊，那個，抱歉讓你久等了。公司有點忙……對、對了，雖然網站上沒有寫，但委託費大概需要多少呢……？」

「不，我不收任何費用。」

聽到高槻這句話，川上一臉驚訝。

「可、可是，占用了您寶貴的時間……如果找律師諮詢，也會被收取一大筆費用喔……？」

「這只是我為了自己的研究進行田野調查的一環，請別放在心上。相對地，我可能會將這些商談內容當作案例補充放進論文裡。當然，屆時並不會公開足以特定出某人的任何資訊，還請放心。」

高槻用沉穩的語氣這麼說，川上又更加惶恐地縮起身子。

川上只點飲料吧，就將委託內容重新說了一遍。

「那個，就如信上寫的，我父母沉迷於某個類似奇怪宗教的東西……但感覺也不太像宗教，所以我有點好奇，就馬上提出委託了……」

據川上所說，他父母原本就很喜歡「四處求神」。出門時只要看見神社或寺廟，一定會上前參拜，也超愛買護身符。完全不在意是供奉哪尊神明，也不在乎是什麼教派。總之就是做一些會受神明庇佑的事，期望能得到一點福報。

如此迷信的雙親，在九月初的時候聽鄰居說了「奇蹟少女」的故事。

當時少女還住在杉並區，鄰居就以「住這麼近，不如去看看吧」為由找兩人前往。

「那起客運車禍有被新聞大肆報導，所以我父母也知道。彷彿被神明守護般平安生還的少女，他們似乎認為是史無前例的『奇蹟』和『庇佑』。他們無論如何都想求得這份神蹟，就答應鄰居的邀約，去拜訪那個女孩。」

少女當時的住處是某棟小公寓的一樓，但川上的父母來到現場後，發現門外大排長龍。

因為這些排隊的人大多拿著水果和酒，父母便詢問鄰居這是怎麼回事，鄰居表示「應該是帶來獻給少女的禮物」。那個人自己也帶了和菓子禮盒，父母似乎不太滿意，覺得這種事鄰居應該事先告知才對。於是兩人急忙跑去附近的店家購買點心禮盒，讓他們看起來得體些。

經過漫長的排隊等待後，川上的父母終於見到了少女。

那棟公寓看起來真的非常普通，甚至有點窮酸的感覺。房間又舊又小，充滿生活感——可是端坐在房內的少女，臉上的達觀之情讓人無法想像是小學生，緩緩將視線飄向兩人的模樣甚至有種神聖感。父母只能雙手合十，對少女拜了又拜。

「幾天後，父親要搭電車出外辦事。平常公車一定會在路上延遲，那天卻不知為何莫名順暢，讓父親搭上比預定班次早一班的電車。然後——父親原本要搭的那班電車好像發生了跳軌意外。後來得知這件事後，父親就認定這是『奇蹟少女』的保佑……簡直不正常了。」

「將身邊這些幸與不幸歸因於神佛或詛咒，是人之常情。就像『今天掉了錢包，是因為有隻黑貓從眼前跑過』，雖然現象和原因沒有直接的因果關係，人們還是會擅自將兩件事聯想在一起，並不是你的父母想法特別奇怪。」

高槻笑盈盈地說著。

但川上一臉為難地搖搖頭。

「每個人多多少少都有這種想法，這我也知道，可是我父母真的太過迷信了。在那之後，他們大概每兩週就會帶著伴手禮去參拜那個少女。好像還會拿現金給她，理由是『希望能補貼她的生活』。這不就跟布施沒兩樣了嗎？少女搬到奧多摩之後，他們還是照常去拜訪……最近開口閉口都是『愛菜大神』、『愛菜大神』，我很擔心他們是不是被洗腦了。」

「『愛菜大神』？那是少女的名字嗎？」

「啊啊，是啊，本名好像是刈谷愛菜。而且那個愛菜大神給的護身符也——該怎麼說呢，感覺莫名噁心。」

說著說著，川上便拿出自己的手機按了按，再拿給兩人看。螢幕上是一張照片，尚哉和高槻同時看了過去。

「這是我父母現在供奉在神龕上的畫。他們向愛菜大神祈求護身符，她就給了這幅畫……把畫帶出來會被他們罵，只好用手機拍下來。」

那是畫在圖畫紙上的畫。可能是用色鉛筆之類的工具作畫，色彩並不強烈。可是紙上的線條強而有力地交疊在一起，就像是在同一個地方不斷來回描畫似的。

一開始沒看懂是在畫什麼，但過了一會，才發現是在畫翻覆的客運。上下顛倒的客運裡確實坐著幾個人，每個人都呈現倒掛狀態，頭髮倒豎，瞪眼張嘴看著他們。

在翻覆的客運旁邊，還多畫了一名女孩。女孩戴著黃色帽子，身穿白襯衫與紅裙。不知為何兩腳的鞋子不同顏色，右白左紅。站在客運旁邊的女孩，也杏眼圓睜地看著他們。

這幅畫應該就是那場客運車禍，看起來很不吉利，但川上的父母真的把這種東西供奉在神龕上嗎？

「那個——雖然只是在懷疑是不是奇怪的邪教團體，但能不能幫忙調查呢？你們想想，不是經常發生這種事嗎？原本以為是普通的瑜珈教室，其實是宗教團體。就算只是懷疑，還是不能確定啊。拜託你們了！」

說完，川上就對高槻低頭懇求。

川上方才說的那些話都是真的，聲音沒有絲毫扭曲。從表情也能看出真的不堪其擾。

尚哉偷偷瞥了高槻一眼，發現這種案例果然不是高槻會喜孜孜撲上前的類型。高槻追求的並非奇蹟，而是怪異現象。

可是，高槻卻再次對川上面露微笑。

「沒問題，我會盡最大的努力調查看看。」

高槻這麼說，並接下了委託。

這個週末，尚哉決定和高槻一起去「奇蹟少女」以前居住的杉並區公寓附近打聽消息。

他們先去了少女居住的公寓，果然如川上所言，只是一棟小公寓，而且又破又舊，實在無法想像宗教團體的尊貴教主會住在這種地方。少女曾經住過的房間，如今早已空空如也。

接著高槻像平常一樣，開始在公寓附近打聽。

果不其然，看到高槻優雅端正的長相和彬彬有禮的舉止，每個路過的太太都立刻停下腳步。每次看到高槻如此優秀的探聽能力，尚哉都覺得他乾脆去當偵探或徵信社算了。大學副教授這個頭銜雖然可以當成某種保障，不過能夠讓對方卸下心防到這種地步，也是挺厲害的。

「啊啊，那起車禍啊……好像很嚴重呢，居然帶走了一整班的孩子。真是嚇死我了。」

住在附近的主婦這麼說，心痛無比地搖搖頭。

跟她一起的另一位主婦也搖搖頭說：

「我的孩子也讀那所小學……為了那些死去的孩子，學校還舉辦一場盛大的告別會，但說起遺族的悲痛，那真的是不忍卒睹。萬一我的孩子也在那麼嚴重的車禍中喪生，光想就覺得、太痛苦了……」

畢竟這一帶是那場意外的小學的學區，周遭居民都對那場車禍十分關切，同時也對那名少女充滿好奇。

高槻問道：

「唯一生還的那個女孩，也有參加那場告別會嗎？」

「不，應該沒有。記得那孩子在意外發生後飽受驚嚇，在醫院住了一陣子。你想想，就算沒有皮肉傷，也需要心理輔導吧。大概過了兩週左右吧，她才跟媽媽一起回到這棟公寓。」

「對啊對啊。那個『參拜集團』就是在那之後一段時間出現的吧。」

兩名主婦看著彼此點了點頭。

據兩人所說，一開始人並沒有多到需要排隊的地步，只是覺得出入公寓的人變多了。起初還以為是少女的親戚或朋友來探望。

可是之後來造訪公寓的人越來越多，而且每個人手上都帶著看似伴手禮的東西，開始排起隊伍來。

「最誇張的時候，隊伍甚至排到公寓用地外面去。我們都以為是某種邪教興起了，覺得有點害怕。」

「那妳們沒有去參拜嗎？」

聽高槻這麼問，兩位主婦苦笑道：

「是啊，因為……我們本來就見過那個孩子。忽然要把她當成活神仙一樣崇拜，實在是……」

「我也覺得她能幸運生還算是奇蹟，但參拜就有點……」

「那麼，那一家人平常會跟鄰居往來嗎？」

高槻再度提出疑問。

兩位主婦又看了看彼此。

「倒也沒有。那家人跟鄰居幾乎沒有交流。」

「是啊是啊。她母親是單親媽媽，忙著打零工呢。感覺家境不太富裕，愛菜也經常穿同一套衣服。愛菜總是孤零零一個人，幾乎沒看過她跟同學玩耍的樣子……真要說的話，是不是有種被霸凌的感覺呀？」

「對啊，之前看過她渾身溼答答地哭著從學校走回家呢！當時有上前問『怎麼回事』，她只是小聲地說『摔進池塘了』。」

「討厭，她是不是被推進池塘裡了？」

兩名主婦雖然面有難色，唯獨眼中綻放著異常晶亮的光彩，感覺就像在討論什麼有趣的謠言。儘管自己的孩子也讀那間小學，畢竟年級不同，即使會關切，到頭來也只覺得事不關己。

他們又從其他主婦口中聽說，愛菜在那之後就幾乎沒去學校上課了。

「我家孩子跟愛菜同年級。因為愛菜班上的同學全數罹難，所以她的座位被移到我家孩子那一班。可是，該怎麼說……老師和同學都不知道該怎麼面對愛菜，對她小心翼翼的……而且意外發生後，愛菜幾乎沒有開口說過話。好像只去學校一兩天，之後就再也沒有去了。在十月中旬左右，就跟媽媽一起搬走了。」

他們也找到幾個曾經到少女住處進行「參拜」的人。

其中一位是去年剛從公司退休，住在其他城鎮的白髮男性。他的興趣是散步，所以經常走到這附近，某次看到公寓外頭大排長龍才心生好奇。

「啊啊，是啊，感覺最近好像越來越多人在討論，我住得不遠，就想過來一探究竟……一開始還以為會用什麼奇怪的騙術，但完全沒有那種感覺。那個女孩子就坐在普通的狹小房間裡，女孩的母親還端出熱茶和茶點，只是跟她們聊了一會。女孩子一句話也沒說，只是茫然地看著遠方……母親會體貼地問『最近有沒有什麼煩心事？』閒聊幾句就結束了，沒有逼我買壺或御札，我還有點失望呢……你問我有沒有得到庇佑？完全沒有啊。但我當時也沒帶伴手禮就是了。」

大致問完一輪後，兩人又回到少女居住的那棟公寓前。高槻說：

「——嗯，果然不像宗教團體呢。不會誘騙他人，也不求布施，甚至沒有寫下來訪者的名字和住址。」

「真要說的話，感覺只是人們口耳相傳，擅自聚集過來的。」

問了實際去參拜過的人，原因幾乎都是「看到有人在排隊就跟著排排看」或「因為很多人在討論」。其中還有幾個人是事後才知道少女是那起車禍的倖存者。

「不過，看到隊伍就忍不住想加入，是人之常情啦。」

「偶爾不是會有幾間蛋糕店或魚板店，在電視或社交平臺上引發話題，導致訂單暴增的現象嗎？跟那個有點類似吧。『因為是話題熱賣品，那我也要試一試』的感覺——對了。」

這時尚哉忽然發現一件事，抬頭看向高槻。

「這種現象跟老師之前說的『流行神』很像耶。」

某天忽然被尊奉為神，被人們一傳十十傳百，掀起狂熱風潮的流行神。「奇蹟少女」的現象跟流行神的模式完全相同。在少女住處大排長龍的人，跟為了一睹人面魚真面目從全國各地湧來的人，幾乎一模一樣。

高槻點點頭。

「是啊，我也這麼想。簡直就是現代的流行神。」

「可是，未來只要熱潮一過，流行神就會消失殆盡吧。那這次的『奇蹟少女』，是不是也會慢慢淡出世人的視線？」

「嗯，或許吧……不過，變成眾人信仰對象的孩子，果然讓人有些在意呢。」

高槻用手指勾著公寓外的圍欄，喃喃自語地說。尚哉有些不解地看著他。高槻到底是對哪一點如此好奇呢？

留意到尚哉的視線後，高槻低頭看著他，嘴角勾起一抹微笑。

「——吶，深町同學。你可以外宿旅行嗎？」

「啊？」

「沒有啦，如果要去奧多摩的話，一天來回可能有點緊迫。」

「咦……要去奧多摩嗎？」

「那當然了，到這一步就想見見『奇蹟少女』本人吧？奧多摩是個好地方。雖然楓葉季已經結束了，但自然景觀豐富還有溫泉，一定會很好玩的。你不想去嗎？」

高槻用雀躍無比的嗓音這麼說，緊盯著尚哉的臉瞧。

雖說此行的目的是調查，但一想到有段時間沒去旅行和泡溫泉，尚哉確實有些嚮往。不過對阮囊羞澀的學生來說，還是有點不方便。

「那個，我沒那麼多錢。」

「別擔心錢的問題，旅費自然由雇主的我負責。」

「咦？可以嗎？」

「畢竟你的行動會受限一整天嘛。就當成工錢兼慰勞之旅如何？——啊，對了，深町同學，你會暈車嗎？還有，晚上一定要睡單人房嗎？」

「我都沒差……」

「是嗎？太好了。那睡三人房應該也沒關係吧！」

高槻的雙眼綻放出光芒，露出黃金獵犬般的笑臉。尚哉抬起頭，一臉愕然地看著他像散步前的小狗樂不可支的表情。說要睡三人房，難道委託人川上也要去嗎？

要跟完全不認識的人睡同一間房，還是讓尚哉有些不自在。可是都已經說沒關係了，事到如今才說不要也覺得不好意思。

「那我把行程調整一下，再跟你聯絡！住宿手續由我全權處理，深町同學只要帶自己的住宿用品過來即可。」

因為高槻說話時的表情就像搖著尾巴的狗，讓尚哉越來越難開口拒絕，只能回答「我知道了」。

幾天後，尚哉接到高槻的電話，說預計會在十二月的某個平日去奧多摩，想確認他能不能去。時間可能會定在週四或週五。

因為這兩天都沒有必修課，所以尚哉答應了。

『但還是有幾堂基礎科目吧？……不好意思，害你蹺課了。』

高槻用百般愧疚的聲音這麼說。

可是川上似乎只有四五有空，所以行程也無法改變了。尚哉有些不解地心想一般上班族不是都休六日嗎，接著說道：

「沒關係，反正我也不是每次都會去上課。還有人可以借筆記。」

『啊，太好了，原來你還有可以借筆記的朋友！』

真希望他不要用這麼開心的聲音說這種話。這傢伙是以為尚哉多沒朋友啊？

「……我平常會跟同一堂外文課的同學聊天，這點交情還是有的，所以別擔心。」

『把這種關係稱為「交情」而非「朋友」，確實很有深町同學的風格呢，真是的……算了，雖然真的對你不好意思，但麻煩把那兩天空下來——當天早上十點可以來新宿御苑前嗎？我會開車過去接你。具體位置之後再傳訊息告訴你。要穿暖一點過來喔！』

都到這個地步了，尚哉實在不好意思說不想跟陌生人睡同一間房。算了，就只是兩天而已。雖然不知道川上是不是平常就會說謊的人，但受不了的話離遠一點就行。高槻應該也會發現。

做好心理準備後，尚哉迎來了要去奧多摩的那一天。

尚哉在高槻指定的接送地點等了一會，就看見一輛銀色轎車緩緩駛來。只見副駕駛座的車窗開啟，高槻從車裡探出頭來。

「深町同學，早安！抱歉讓你在這麼冷的天氣等我，快點上車吧！」

奇怪，這個人為什麼坐在副駕駛座啊。當尚哉心生疑惑時，就看見高槻旁邊有個眼神宛如狂犬的凶神惡煞握著方向盤。

「喂，彰良，不要開窗啦，很冷耶。深町，快上車。」

「佐、佐佐倉先生！」

尚哉雖然驚訝，還是連忙打開後座車門坐進車裡。

等尚哉繫好安全帶後，佐佐倉就繼續往前開。

「咦？奇怪？怎麼是佐佐倉先生？今天不用上班嗎？」

「今天不用值勤。最近剛解決一個案子。」

佐佐倉回答了尚哉的疑問。

尚哉心想，啊啊，原來如此。是為了配合佐佐倉的時間，才會選平日啊。

高槻說：

「要去奧多摩還是開車比較方便。要是阿健的時間無法配合，本來想坐電車或公車過去，但他好像沒問題。」

「……對了，老師，你沒有車嗎？先前也都是靠電車或公車移動耶。」

「嗯，其實我沒車。」

「啊，果然沒錯。不過住在東京市區，沒有車也不是什麼大問題啦。」

「呃，我可是有駕照的喔？筆試一次就過，駕駛技術也還算熟練……阿健卻說『你絕對不准開車！』」

「為什麼？」

聽尚哉這麼問，佐佐倉隔著後照鏡直盯著他說：

「如果這傢伙開車的時候，有隻鳥撞上擋風玻璃，你覺得會發生什麼事？」

「……老師會直接昏倒，搞不好還會把旁人捲進來，釀成大災難。」

「對吧？」

尚哉和佐佐倉隔著後照鏡互相點頭。這麼做確實不妥。

「可是，你居然因為這樣，特地在休假日陪老師去奧多摩……你沒有其他事要做嗎？佐佐倉先生根本就是老師的監護人了嘛。」

「同學，你搭人家的便車還真好意思說啊。我只要能泡溫泉，晚上能喝酒就行了。連日被工作壓垮的刑警也該慰勞一下吧，你得好好感謝我。」

「好了好了，你們別吵架了。深町同學，你有吃早餐嗎？這邊有零食，要不要吃？」

「不需要。而且這又不是遠足！你為什麼要買一大堆超商零食啊！」

「咦～有什麼關係，機會難得，好好玩一下嘛。休息也很重要唷？」

高槻這麼說。他身上的大衣雖然是平常那一件，但今天不是西裝打扮。因為此行地點是奧多摩，可能會走山路的關係吧。在白襯衫外頭套上藍色毛衣的高槻，感覺比平常更休閒，看起來更年輕了。

順帶一提，隔壁的佐佐倉是黑色大衣配上黑色毛衣，穿得一身黑，感覺真的很恐怖。他就不能改一改沒有生氣卻總是眉頭深鎖的習慣嗎？

「我找了一間有溫泉的飯店喔！房間也很寬敞，可以打枕頭戰！」

「喂，你真的要玩嗎？我們這種體格打枕頭戰的話，搞不好會把牆壁砸出一個洞。」

「……呃，那個，佐佐倉先生，你到底是多認真啊？而且我們這趟的目的不是玩樂，是要調查耶！」

「深町同學真的很嚴肅耶，以現在的孩子來說算是國寶級的了。」

「對啊。活得這麼死板小心老得快，變得又老又禿。」

「……啊啊，原來如此，我終於知道老師為什麼看起來這麼年輕了。」

「咦？為什麼？」

麻煩不要睜大眼睛回頭看我。

到奧多摩大約需要兩小時的車程。他們在奧多摩車站前吃過午餐，看著住址前往少女的家。

少女就住在車禍現場的奧多摩湖附近。明明周遭沒有幾戶人家，整棟建築像是被埋在深山裡，還是可以從遠處一眼認出來，因為附近停滿了車，家門口還有好幾個人。看來搬到奧多摩後，「奇蹟少女」的人氣依舊不減。

「今天是平日吧……這些人的工作是什麼啊？」

「誰知道呢。可能是自營業、退休人士或請假來的吧。總之，我們也只能跟著排隊了。」

仿效其他車輛將車停在路邊後，三人前往少女的家。門口沒有門牌。

排在家門口的共有五人。話雖如此，由於是兩人、兩人、一人的編制，所以說是三組人在排隊比較正確。最前面的二人組拿著看似日本酒的包裹，後面的二人組拿著巨大的熊熊玩偶，最後一人則小心翼翼地抱著一個布包，裡面不知放了什麼。這些人旁邊放著兩臺暖爐，讓他們可以邊取暖邊等待。

高槻若無其事地排在隊伍最尾端，向抱著布包的男人搭話。

「你好。請問，這一棟就是那位『奇蹟少女』的住家嗎？」

「……是啊。你是第一次來嗎？」

男人轉過頭這麼說。他看上去五十幾歲，一頭灰白髮梳理整齊，儀容也相當整潔，有種沉穩的氣息。

高槻將手伸向暖爐，對男人微微一笑。

「是的，因為這位少女名聞遐邇，覺得一定要親自來見見。可是各位都帶著類似伴手禮的東西呢。糟糕，是不是非得準備禮物才行？」

「不，沒這個必要。愛菜大神和母尊不會主動要求任何東西，這其實只是心意問題。」

「這樣啊，原來是心意問題。」

「是啊。」

男性將布包重新抱好，點了點頭。

「我在經營外食連鎖店。因為這次有新店鋪要開張，才來祈求新店鋪營運順利。

之所以帶這個東西過來，是表示『我的願望就是如此強烈』，算是對自己的一種證明。此外……也是對那兩人純粹的感謝之意。」

「那你之前也會來這裡嗎？」

「是啊，在她們搬來奧多摩之前造訪過好幾次。我也是從別人那裡聽到她的消息才來的，說是可以消災解厄……起初也是抱著半信半疑的心情前來參拜，但後來事業真的變得一帆風順。我對愛菜大神充滿了感激。」

男性神情嚴肅地這麼說。他沒有說謊，看來是真的相當篤信「愛菜大神」。其他信眾應該也一樣。雖然手上都拿著伴手禮，但都不是受人逼迫，而是帶著純粹的善意選擇的。

正因如此，他們才會把「參拜」後發生的所有幸運之事，跟「奇蹟少女」聯想在一起。

因為來參拜「奇蹟少女」，獻上貴重禮品以表善心，與其相應的幸福就一定會降臨在自己身上。他們對此深信不疑。

那麼，集這些崇拜於一身的「愛菜大神」，到底是什麼樣的孩子呢？會不會看起來充滿神幻之氣？

在那之後又過大約一小時，才終於輪到三人。這時尚哉他們後面又排了好幾個人，由此可見「奇蹟少女」的人氣。

「抱歉讓各位久等了，請進。」

用這句話迎接尚哉等人的女性，應該就是「愛菜大神」的母親吧。她穿著紅色長版毛衣配緊身牛仔褲，看起來相當普通。年紀大概落在三十歲後半，臉上沒有妝，頭髮也只是簡單束個馬尾。

三人被帶到一間感覺相當樸素的小客廳。地上鋪著米色地毯，面向庭院的落地窗前放有一組布沙發和一張矮桌。電視不算大，旁邊有個雜誌架，一本上下顛倒的世界名作童話全集被隨便插在報紙和雜誌之間。庭院裡的晾衣桿上掛滿洗好的衣服。

給人的感覺就是洋溢著生活感的普通人家。沒有任何宗教的象徵，更沒有絲毫人們對活神仙住處存有的既定印象。

而這位活神仙「愛菜大神」——不是坐在沙發，而是坐在地毯上，用色鉛筆在攤在桌上的繪圖本上作畫。

她是個體型嬌小的少女，有一頭過肩長髮，穿著黑色針織上衣搭配紅色格紋裙。圓圓的眼睛和小巧的鼻子都非常可愛，卻嘴唇緊閉，彷彿對尚哉一行人走進房間毫不在意，專心地動著色鉛筆。

「請三位隨意入座。我這就去泡茶。」

女性留下這句話，就走向跟客廳相連的廚房了。

當三人在愛菜座位對面的沙發上入座時。

卻聽到一個微弱的振翅聲。

高槻嚇得渾身一震，尚哉連忙轉頭循著聲音看去。

落地窗前放著一個鳥籠，像是藏在沙發後面似的。裡面有一隻灰色的文鳥。

「老師，你還好吧？」

尚哉對神情緊繃的高槻這麼問。

高槻用有些慘白的臉看著尚哉。

「啊啊，嗯，我沒事……這種體型的鳥只有一隻的話，還行。」

說完，高槻就用一隻手拄著臉，輕輕嘆了口氣。看來是不至於昏倒，但手仍微微地顫抖著。

佐佐倉對廚房裡的女性說：

「不好意思，待會能不能麻煩把那個鳥籠拿去其他房間？這傢伙很怕鳥。」

「咦？……啊啊，這樣啊。抱歉，我馬上拿走。」

於是女性把鳥籠拿到隔壁房間，愛菜抬起頭，默默地看著她的背影。

隔壁的房間似乎是用來放來訪者的伴手禮，能看見先前那位訪客帶來的熊熊玩偶，另外還放有很多酒或水果、玩具和點心禮盒等等。來到這裡的訪客，絕大部分都會帶點伴手禮。

「那隻文鳥是以前的訪客送的禮物。他認為有小動物陪伴，或許可以療癒愛菜的心靈……雖然這孩子都不怎麼理牠就是了。」

女性將放了茶杯和茶壺的托盤端上桌，並微笑著說。愛菜又重新開始畫圖了，她用綠色的色鉛筆畫著看似森林的圖案。

女性坐在愛菜身後的沙發上，將手併攏放在膝上向三人打招呼。

「感謝各位在如此嚴寒之中前來造訪，你們是初次來訪的客人吧。我是愛菜的媽媽，名叫真紀子，請多多指教。非常抱歉，由於今日訪客較多，只能給各位二十分鐘的談話時間，還請見諒——那麼，三位今天有什麼煩惱嗎？」

「煩惱是有啦，但今天不是來諮詢的。其實我們來此的原因，跟其他人有點不一樣。」

高槻向一臉狐疑的真紀子遞出名片。

「敝姓高槻，在都內的青和大學擔任副教授。另外兩位是我的朋友和助手。」

真紀子收下高槻的名片看了一會，又抬起頭來。

「這樣啊，大學老師……請問今日前來有何貴幹？」

「撒謊也沒有意義，就直說了吧——我是來調查『奧多摩的奇蹟少女』究竟是何方神聖。有人對少女的存在感到不安，不知道妳們到底是宗教，還是某種民間信仰。」

「這……就算你這麼問……」

真紀子一臉為難地拿起茶壺，往茶杯注入綠茶後，跟放著羊羹的小碟子一起放在尚哉等人面前。綠茶和羊羹看起來都不是廉價品，可能也是訪客帶來的贈禮吧。

「我們並非宗教。畢竟沒有任何教義，也不強求訪客布施。雖然大家都會出於好意帶著禮物過來。」

「是啊，我也是這麼聽說的。現在看著這個房間，也感受不到宗教的氛圍，可是來訪者似乎很多呢。妳剛才說只能聊二十分鐘，這段時間妳們會做什麼？」

「我只會傾聽訪客的心聲，畢竟大部分的訪客都有苦惱。由於我的身分無法給出適當的建議，所以通常只會單方面聆聽，但光是這樣也能替訪客稍微分憂解勞。」

「有人收到『愛菜大神』的畫呢。」

「啊啊，那是因為——有訪客想要參拜過的證據，還說不管是什麼都行。可是我們真的沒有東西可以奉送，於是問訪客想要什麼，他就說那孩子的畫也可以……因為訪客來的時候，這孩子經常在畫畫。」

說完，真紀子就摸摸愛菜的頭。愛菜沒什麼反應，繼續畫著森林。她用褐色的色鉛筆，將往天空延伸的樹幹整株塗滿。

高槻看了那幅畫一眼，忽然皺起眉頭。

接著，他又將目光轉回真紀子身上。

「今天是平日，愛菜不去上學嗎？」

「在那場車禍之後，愛菜就封閉了心……在搬到這裡之前，她的狀態就沒辦法上學了。現在是用遠距教學的方式上課。」

「妳一整天都在接待訪客嗎？要應付這麼多人應該很費心力吧。會不會連做家事的時間都沒有？」

「別這麼說，各位都是利用寶貴的時間特地來訪。而且我們在用餐時間會稍微休息一下，也會婉拒太晚前來的參拜訪客。因為偶爾也該讓愛菜在外面玩一會，我不會讓她一直待在家裡。愛菜在外面玩的時候，我就自己接待訪客，或是請訪客下次再來。」

「恕我失禮，請問妳現在有工作嗎？」

「……因為訪客越來越多，我就辭職了。也不能讓這孩子自己一個人。」

「但這樣生活費應該很吃緊吧？」

「這……就靠大家帶來的禮物，還能過得去。」

真紀子說著說著，語氣變得越來越含糊。果然除了物品之外，帶著現金來訪的人也很多吧，而且金額還不算少。

儘管說得有些吞吞吐吐，真紀子的聲音卻沒有變形扭曲。她們不是宗教，也沒有強求布施，這些話全都屬實。

——可是，尚哉偷偷往坐在旁邊的高槻瞄了一眼。

從剛剛開始，比起真紀子的反應，高槻的樣子更讓尚哉掛懷。

因為平常跟別人說話時，高槻都是笑盈盈的，現在臉上卻沒有一絲笑容。從剛剛開始，他就一直緊張地繃著臉，跟平常的表現差太多了，讓尚哉不禁憂心起來。果然是這個家裡有鳥的關係嗎？

佐佐倉開口問道：

「這個家又是怎麼回事？考量到妳們原先的生活品質，應該沒辦法這麼快搬到這裡來吧？」

「有位來參拜的訪客名下有一棟空房，就讓給我們了。之前那棟公寓太小，要接待訪客也不太方便，又要承受左鄰右舍的眼光……而且住在靠近車禍現場的地方，也可以悼念那些罹難的學生。」

真紀子的聲音忽然變得扭曲，尚哉嚇了一跳，立刻摀住耳朵。

懷著弔唁罹難者的心情住在這裡，這句話是騙人的。

可是，尚哉不知道為什麼偏偏是這一句扭曲了。

高槻看了尚哉的反應，又皺起眉頭。

真紀子再度撫摸愛菜的頭，繼續說道：

「那個……我們真的不是宗教，可是這孩子的確是『奇蹟之子』。在九死一生的狀況下獲救，這不是奇蹟是什麼呢？自然會有人想要分得這份幸運，拒絕他們也說不過去。所以我們只是順從那些人的期望，將奇蹟分享給他們而已。」

真紀子這麼說，看著愛菜的眼神中充滿溫柔。可是愛菜卻沉浸在自己的世界中，拚命地動著色鉛筆。

高槻說：

「——可以請教車禍當時的狀況嗎？愛菜為什麼會得救呢？」

「根據警方的說法，愛菜那時候沒有繫安全帶，可能在客運翻覆的時候被拋出敞開的車窗了。因為車裡發現愛菜的包包，沒帶東西體重又輕的孩子就這麼剛好被拋出去——他們還說，簡直就是奇蹟。她平安無事，只有手腳擦傷，除了一邊鞋子由於衝擊飛出去之外，連頭上的帽子都還在。大家都說她戴著帽子也算運氣好，多虧那頂帽子，被拋到地上時才沒有撞到頭。」

遠足的客運共有三輛，翻覆的是最後面那一輛。

客運翻車後，前方兩輛客運和後方來車都停下來，聚集了許多人——在如此混亂的騷動當中，好像有個人喊道：「喂，那邊那個女孩子是怎麼回事？」

那就是獨自蹲在路邊嚎啕大哭的愛菜。

「不可思議的是，起初沒有任何人發現愛菜蹲在那裡。畢竟誰也想不到，在這種狀況下還有人能存活吧。」

說到這裡，真紀子輕聲一笑。

「然而提到這件事時，有些人甚至還說，愛菜是不是從翻覆的客運瞬間移動到路邊。有人說這孩子可能有超能力，或是被神明之類的救了一命，各種解釋五花八門，但我覺得怎樣都好。就算是像警方所說，她是剛好被拋出窗外，還是瞬間移動，或是被神明移轉……這孩子得救的事實依然不變。」

不論是什麼狀況，我都想感謝愛菜得救的這份奇蹟——說完，真紀子將愛菜攬入懷裡。

她無比憐愛地用臉頰輕蹭愛菜的頭。

「我這單親媽媽生下這個孩子，她就是我的一切。要是失去她，我可能也活不下去了。對於沒有狠心奪走這孩子的命運、神明及世界，我都無比感激……雖然她在車禍之後就說不出話來，但我還是相當疼愛她。所以也把這份愛傳遞給來這孩子身邊的訪客，只要心中有愛、感激與包容，不就能招來奇蹟了嗎？或許有人會覺得這種說法很像宗教，不過我是真的這麼想的。」

真紀子說話時嗓音不停顫抖，往愛菜的頭摸了又摸。

在真紀子懷中乖乖讓她撫摸的愛菜，忽然揚起視線。

愛菜慢慢眨了幾下眼睛，就這麼盯著高槻看。高槻看不透那雙纖長睫毛下的漆黑眼眸中有什麼想法，於是也默默地回望愛菜的眼。

這時，佐佐倉看向愛菜的畫，輕聲嘀咕道：

「……喂，這幅畫是不是怪怪的？」

聽他這麼一說，尚哉也重新看向那幅畫。

那是用孩子的筆觸描繪的森林畫。以綠色線條表現出被草覆蓋的地面，草地上有幾棵迎向藍天的樹木。畫面下方還有一排看似柵欄的物體，可能是某處的公園吧。樹枝上的葉子不是單片的畫法，而是用毛茸茸的綠色色塊來呈現。尚哉想起自己小時候也經常畫這種畫。

可是，尚哉忽然感受到一股強烈的不協調感。

眼前這幅畫非常普通，就是用色鉛筆描繪的森林畫。而且畫得非常好，任誰都能一眼就看出來。

但這幅畫之所以容易辨識，並不是由於愛菜畫得好。

而是方向，方向不太對勁。

放在桌上的那幅畫，尚哉他們這一邊是地面，愛菜她們那一邊是天空。

簡直就像上下顛倒了——愛菜畫的是反方向。

愛菜的眼睛動了起來。

依序瞪視著佐佐倉、高槻和尚哉的那雙眼，就像嵌在布偶眼睛處的黑色玻璃珠。她的視線冷漠又僵硬，沒有一絲熱度與色彩，同時卻又隱含不像孩子的威嚇感。

愛菜的眼睛又動了起來。

她的視線移向房門處，彷彿在說：

——馬上滾出去。

離開愛菜家，坐進佐佐倉車裡後，高槻深深嘆了一口氣，像是發自內心深處的嘆息。

「你沒事吧，彰良？」

「啊啊，嗯，還好……一想到身邊有鳥，果然還是有點、緊張。來吃點甜食好了。」

高槻回答佐佐倉的問題後，就從超商袋子裡拿出巧克力盒。

佐佐倉直盯著高槻強顏歡笑的表情，接著說道：

「——你不要對這件事太過投入。」

高槻本來要撕開包在盒子外面的透明包膜，手指卻忽然停了下來。

接著，高槻一口氣「劈哩」地撕開包膜打開盒子，把杏仁巧克力圓球放進嘴裡笑道：

「為什麼？又沒關係。」

「可是……」

「阿健，你太愛操心了啦。來，你也吃點巧克力。」

佐佐倉本想說點什麼，高槻就把巧克力盒遞過去，像是要打斷他似的。他瞪了高槻一會，最後還是默默地收下盒子，拿了一顆巧克力再還給高槻。

尚哉覺得兩人的互動有些可疑，便從後座探出身子問：

「那接下來要怎麼辦？」

「這個嘛。為了慎重起見，還是去車禍現場看看吧。看完之後就去飯店。」

「我知道了……那個……」

「嗯？怎麼啦，深町同學？」

高槻轉頭看向尚哉。

尚哉猶豫了一陣，不知該如何開口。

「剛才……真紀子小姐說到住在奧多摩的理由時，撒謊了。那個人不是為了悼念罹難者才搬來這裡的。」

「……是嗎？」

「那住在這裡的理由到底是什麼？愛菜都因為那場車禍無法說話了，她卻搬到車禍現場附近……感覺不太好。為什麼要做這種事呢？」

「不是因為別人讓給她的房子剛好在奧多摩嗎？」

佐佐倉這麼說。

「信眾……應該不能這麼說，在那些訪客心中，那個叫愛菜的孩子已經跟奧多摩這塊土地有了深刻的連結。他們應該覺得這些貢獻是值得的吧。對那對母女來說，中古的獨棟民宅當然比原本的破公寓好多了。可以不必在意左鄰右舍的眼光，她們也想重新整頓生活吧。」

「是啊，我覺得阿健的意見也有道理。」

高槻點點頭。

他又從盒子裡拿出一顆巧克力，捏在指間盯著看。

「可是——我認為那對母女住在這裡，是沒辦法展開新生活的。真有這個決心的話，應該要搬到離這裡更遠的地方才是。」

說完，高槻將巧克力塞進雙唇之間吃掉了。

車禍現場就在奧多摩湖沿岸的馬路上。

馬路沿著凹凸不平的湖岸拐了好幾個大彎，湖的另一側就是山。原本被翻覆的客運撞破的護欄已經修復完畢，外側的懸崖也幾乎看不出任何痕跡。

可是，如今仍能一眼看出這裡發生過車禍。

因為供奉了好幾束鮮花。

車禍發生至今已經超過半年了，但這些供奉的鮮花當中，有幾束看起來像是放在這裡沒有多久。那些罹難孩童的父母，現在還是會帶著鮮花來供奉吧。

「這……的確是無法挽救。」

佐佐倉將車停在路邊，往下看著那座湖泊這麼說。當時客運就是從懸崖上掉進湖裡。

尚哉也在佐佐倉旁邊跟著看過去。或許是因為今天是多雲天氣，湖水的顏色與其說是藍，看起來更像灰色。從懸崖上遠遠望去，湖面平靜無波，完全無法想像過去曾經吞噬了一整車同班孩童的性命。若一直盯著湖面看，感覺自己稍有不慎也會被吸進去。

「順帶一提，奧多摩湖也是經常被提及的靈異景點。聽說在這裡自殺的女怨靈會把人拖進湖裡，千萬要小心。」

高槻在尚哉身後這麼說。

尚哉忍不住從護欄邊退開，轉頭狠狠瞪著高槻說：

「……為什麼現在要說這些事啊？」

「現在不說，什麼時候才要說？」

「說話真是不經大腦。」

「你說得對，真不好意思。」

見高槻乖乖道歉，尚哉滿意地點點頭。

不過，就算來到車禍現場，好像也沒發現什麼線索。頂多只能確定愛菜生還這件事確實是一場奇蹟。

佐佐倉說：

「彰良，之後要做什麼？」

「嗯，接下來——就先這樣吧。必要的情報大致上都查到了。」

「你要怎麼跟委託人說？」

「告訴他不是宗教就好。至少現階段不必擔心會被拐騙。如果川上的父母仍執意去愛菜那裡參拜，帶錢過去的話，那就是父母親的心意問題了，我也不能說什麼。只能讓他們家人之間好好談談，或是等父母膩煩為止。」

「但就算現階段不是，往後就沒有發展成宗教團體的可能性嗎？」

尚哉有些憂心地問，高槻卻微微歪著頭說：

「只要惡質的新興宗教沒有盯上愛菜，應該不會有事。真紀子小姐也沒這個打算。」

真紀子再三強調不是宗教時，並沒有說謊。她們確實不是川上原本擔心的那種邪教。

真紀子是真的對愛菜在車禍中生還一事感到開心，想將這份奇蹟分享給其他人這一句似乎也是真心話。至於來訪者送的伴手禮，或許也是覺得能收的就收下來而已。

無論如何，這些資訊應該能滿足川上的委託內容了。

「那待會要幹嘛？去飯店還有點早吧，要不要稍微觀光一下？」

「這個嘛……啊，對了，我想去一個地方！」

高槻這麼說，雙眼忽然綻放出光芒。

佐佐倉皺著眉頭看向高槻。

「……該不會是靈異景點吧？」

「你怎麼知道？你們聽我說，奧多摩湖空中纜車這個廢墟是超有名的靈異景點，我還沒去過呢。」

「駁回駁回！能不能選正常一點的地方啊！」

「咦咦咦，難得都來奧多摩了耶？」

「夠了，你給我閉嘴——喂，深町，你有沒有什麼想去的地方？現在馬上查。」

「咦？呃，等我一下。」

被佐佐倉這麼一瞪，尚哉急忙拿出手機搜尋「奧多摩　觀光」。

「啊，好像有個鐘乳洞。網路上說可以帶著探險家的心情去走一走。」

「那裡開放到幾點？」

「我看看……十二月中是下午四點半。」

「還來得及。好，就去那裡吧。」

「吶，你們說的是日原鐘乳洞嗎？我記得曾經有個男性在那裡失蹤，還只被找到右手臂，也經常拍出靈異照片，很有名呢！」

「彰良！你再給我說一句話試試看！」

高槻被佐佐倉拍一下頭，就乖乖閉上嘴了。尚哉心想難道佐佐倉很怕幽靈嗎，並坐回車內。佐佐倉也迅速坐進駕駛座。

最後準備坐進副駕駛座的高槻，忽然將目光移向湖的另一側，仔細凝視山上的方向。

「老師？怎麼了嗎？」

「……啊啊，抱歉。我馬上上車。」

聽到尚哉的呼喚，高槻才微微一笑坐進副駕駛座。

結果他們後來還是去了日原鐘乳洞。其他的觀光景點大多是健行行程，考量到所需時間和氣溫，決定以後有機會再去走一走。

被譽為關東地區規模最大的鐘乳洞，氣溫一整年都沒有太大變化，跟外面相比反而溫暖得多。可能是平日的關係，遊客並不多。設施內有很多陡峭階梯和狹窄通道，慢慢走進地底的感覺很像要潛入電影或遊戲會出現的那種地下迷宮，讓人有些興奮。

但其中也有「地獄谷」和「三途川」這種景點名稱，加上先前聽高槻說這裡是靈異景點，尚哉一直覺得會有東西跑出來。被命名為「白衣觀音」的巨大石筍，好像下一秒就會動起來似的，有點恐怖。

「是說，為什麼每個景點都取這麼不吉利的名字啊……」

「又是『佛』又是『往生山』的，全是佛教的感覺。」

「因為這裡曾經有山岳信仰啊，也是修驗道[2]的聖地。他們把整個鐘乳洞當成一座社殿，替外形相似的石筍和鐘乳石取了神佛之名，在此處進行參拜與修行——啊啊，但這種打光方式很像遊樂園呢。雖然很漂亮，卻與信仰沒有任何關係，充滿現代風格。」

在七彩燈光照射的偌大空間中，高槻抬頭看著天花板，微微瞇起眼。

上網查日原鐘乳洞的時候，一定會介紹到這個地方。只有這裡會以藍、綠、紅的燈光照在凹凸不平的岩石表面，營造出奇幻的氛圍。跟中途那些只有白光照射的陰暗空間相比，這裡簡直就是另一個世界。

「這裡確實很像網美會來打卡的景點。應該很受年輕客群喜愛，遊客也會增加。」

「是啊，畢竟大家都喜歡漂亮的東西。」

說完，高槻就拿出手機拍照。尚哉有些驚訝地問：

「咦？老師，你有在用ＩＧ嗎？」

2 日本古時的山岳信仰受外來佛教影響成立的宗教。

「沒有啊。我只是在想能不能拍出靈異照片。」

「……我想也是。」

高槻彰良就是這種人。

尚哉才這麼想，高槻就忽然將手機對準他們。

「來，深町同學，阿健，看這邊。」

「咦？」

「啊？」

聽到「喀嚓」一聲，尚哉和佐佐倉都下意識靜止不動。

看到高槻當場確認拍攝的照片，尚哉問：

「老、老師，你是想拍我們的背後靈嗎……？」

「你在說什麼傻話，我在拍紀念照啦，難得出來旅行嘛。」

「咦……」

被高槻理所當然地這麼一回，尚哉不禁啞口無言。

佐佐倉在一旁看著高槻的手機。

「那你也要入鏡啊，是你帶我們來的耶。」

「嗯～可是這附近又沒有人，我也沒自拍過。是說阿健，你這身服裝太黑，都融入背景了。這樣很像靈異照片耶。」

「……出去外面再拍不就得了。手機給我，我幫你們拍一張。」

佐佐倉一把搶下高槻的手機這麼說。

高槻樂呵呵地來到尚哉身旁。

「咦？呃，不用拍我吧。」

「好嘛，笑一個，深町同學。拍照就該笑著拍才行。」

尚哉不習慣展露歡顏，也不習慣拍照，沒辦法聽他說完就馬上露出笑容。

尚哉還不知道該做出什麼表情時，佐佐倉已經迅速按下快門。結果照片中的尚哉表情有些僵硬，高槻則面帶笑容，感覺有點一言難盡。

「深町同學，我把照片傳給你。」

「咦？不用啦，拍得有點怪耶。」

「不行，這可是紀念照。」

說完，高槻就把照片傳到尚哉的手機裡了。

尚哉心想之後再刪掉就好，就把多了一張照片的手機收起來。

這時他忽然發現，除了校外教學以外，這是第一次跟家人以外的人出遊。

……他從來沒想過，自己會像這樣跟某人去外地住宿、旅行觀光。

沒想到自己會樂在其中，感覺有點難為情。尚哉稍稍放慢腳步，跟開始往前走的高槻和佐佐倉拉開幾步的距離，途中卻被佐佐倉發現，還被罵了一聲「太慢了」。尚哉心不甘情不願地追上兩人，同時心想，在旁人眼中，他們三個看起來是什麼關係呢？怎麼看都不像有血緣，可能就是身分不明的一群人吧。

尚哉覺得這樣也滿好笑的，一邊悄悄將手伸向收進口袋的手機……還是再考慮一下要不要把剛才的照片刪掉好了。

參觀完鐘乳洞後，三人來到高槻預約的飯店。

這間飯店位於鳩之巢溪谷旁，整體外觀相當符合「飯店」二字，房間也是日式和西式各半的和洋折衷款式。房內有兩張床，剩下的一個人應該要在鋪設榻榻米的和室部分打地鋪睡。

關於誰要睡床鋪這件事，他們決定用冷酷無情的猜拳輸贏來決定，結果尚哉馬上就輸了……他一開始就猜到會有這種結果。

「抱歉，深町同學。如果你一定要躺在床上才睡得著，我就讓給你睡。」

「……不，不用了，沒關係，不必顧慮我。」

離晚餐還有一段時間，先去泡泡溫泉或許是不錯的選擇。看了設施簡介後，發現這裡除了大浴場之外，還有露天溫泉。

尚哉將行李放在榻榻米上，轉頭看向高槻，只見他坐在床上看著某個東西。好像是在櫃檯拿到的手冊，裡面有周邊的觀光導覽資訊。

「那個，我可以去泡溫泉嗎？」

「啊啊，嗯，去吧。阿健，你也去吧？」

「好啊。」

佐佐倉點點頭。

但高槻卻沒有任何動作。他目不轉睛地看著觀光導覽手冊，不知裡面是什麼有趣的內容。

尚哉歪著頭問：

「老師，你不去嗎？」

「嗯，我不去，房間裡就有浴池了。」

「咦？可是難得有溫泉……」

「別廢話了，走吧。」

尚哉話還沒說完，就被佐佐倉抓住脖子。

「哇！等等，佐、佐佐倉先生，脖子、脖子勒住了，等一下……！」

佐佐倉完全不顧尚哉的掙扎，用另一手抓起自己和尚哉的毛巾和浴衣後，就立刻把尚哉拖出房間。

在走廊上走了一會，佐佐倉才終於放手。尚哉向佐佐倉抗議道：

「你在幹嘛啊，暴力刑警！不要把人當成小貓一樣抓起來好嗎！」

「少囉嗦……彰良沒辦法去大浴場，所以不要找他。」

聽見佐佐倉的低聲喝斥，尚哉不禁閉上嘴巴。

尚哉急忙追上把他丟在原地逕自往前走的佐佐倉。

「為什麼不行——啊。」

尚哉問到一半，就自己想到原因了。

因為背上的傷痕。

尚哉雖然沒有親眼見過，但聽說到現在還留下了清晰的巨大傷痕。高槻應該不想讓其他人看見吧。

「所以他才選房裡有浴池的飯店——而且那傢伙今天應該也累了，讓他靜一靜吧。」

佐佐倉這麼說。

尚哉覺得有些尷尬，跟在用長腳大步往前走的佐佐倉身後。

由於是冬天的平日時間，浴場裡沒什麼人。尚哉摘下眼鏡，跟佐佐倉在更衣處脫下衣服。就算穿著衣服也看得出體格壯碩的佐佐倉，脫下衣服後更是一身結實的肌肉，讓尚哉感受到一股莫名其妙的敗北感。

「……你幹嘛垂頭喪氣的，不舒服嗎？」

「不是，那個，我在想這身肌肉到底是怎麼練的……是說，原來腹肌真的是一塊一塊的耶……」

尚哉對自己乾巴巴的身材感到不堪。上個月生病瘦下來的體重還沒恢復，感覺原本就少得可憐的肌肉又掉了不少。

「怎麼，你想鍛鍊身體嗎？嗯，確實該練一下比較好。」

「該說想鍛鍊嗎……之前老師昏倒的時候，我自己一個人就搬不動了。」

當時佐佐倉輕而易舉就把高槻背了起來，可是發生意外時，總不可能每次都叫佐佐倉來幫忙。尚哉希望至少要強到能獨自搬動失去意識的高槻，雖然他不希望那種狀況再有第二次。

「以你的身高，要把彰良背起來有點困難。」

「佐佐倉先生的身高多少？」

「一八七。」

「老師呢？」

「我記得是一八一吧。你呢？」

「……一七二公分。」

「沒辦法啦。放棄吧。」

「怎麼這樣！」

「還是你從現在開始每天喝牛奶？還有，如果想鍛鍊，回房間之後就練練腹肌、背肌、伏地挺身和深蹲吧。」

「咦?」

「你不是想鍛練嗎?彰良平常也會做這些自主訓練。他身上有肌肉,比外表看起來更重一些。你不多練練身體,一輩子都扛不動那傢伙的。」

尚哉覺得這未免也太急了吧。連來溫泉旅館都要鍛鍊,明天應該會肌肉痠痛吧。

可是他記得高槻的防身術也是佐佐倉教的。為了慎重起見,或許自己也該跟佐佐倉學幾招。跟高槻一起行動,有時候可能會遇到危險。

石造的大浴場中有一面大窗,白天應該可以俯瞰溪谷的景色吧。尚哉在沖澡區清洗身體,將身子浸入溫泉後,就覺得好像重新活過來了。血管一路舒展到指尖的感覺舒服極了。

先進來的遊客像是跟他們交接般走了出去。尚哉放眼望向只剩他們兩人的大浴場,輕輕嘆了口氣。

他心想,這樣高槻就能來這個浴場了吧。

不,總覺得高槻還是不會過來。一想到或許會有其他人來,應該很難放鬆——說到底,他可能也不想讓尚哉看見傷痕。

「那個……」

尚哉一開口,一旁的佐佐倉就看了過來。

「老師背上的傷痕……有這麼嚴重嗎？」

佐佐倉忽然閉口不語。

隨後，他嘆了口氣。

「……嗯，要說明顯是很明顯啦。」

「你有看過？」

「有。」

佐佐倉惜字如金地說著。

尚哉沒有繼續追問，只是低下頭讓下顎浸在熱水裡。

高槻平常對怪異現象如此執著，就是想釐清自己過去到底發生了什麼。可能真的是被天狗擄走，也可能不是。因為不明所以，那個人才會如此惶恐不安。

當時被某人綁架，背上的皮膚還被剝下來扔掉。高槻這個親身經歷，已經是二十幾年前的事，現在要調查恐怕為時已晚。所以高槻才四處蒐集街頭巷尾流傳的怪談和都市傳說，想找出與自己相同的案例。只要能查出一二，或許就能與自己的過去有所連結。

不論平常表現得多麼開朗，高槻內心深處依舊盤踞著深沉無比的黑暗面。

「──對了。」

佐佐倉開口道：

「那個記者，之後還有去騷擾你嗎？」

他指的是飯沼吧。尚哉搖搖頭。

「沒有，我沒有再見過他了……可是，真的可以放著不管嗎？」

「應該吧。我有先跟彰良警告過了……之前也說過吧，就算他隨便亂寫報導，那傢伙的父親也會擋下來。」

「是沒錯啦。老師的爸爸是什麼樣的人？老師的家人——」

「——別問了。」

佐佐倉的聲音打斷了尚哉的問題。

尚哉一臉愕然地看著佐佐倉。

佐佐倉撩起溼淋淋的瀏海，用銳利的目光盯著尚哉。

「這不是什麼開心的話題。除非那傢伙親自說出口，否則你還是別知道比較好。」

「……我知道了。」

說完，尚哉再度把下顎浸在熱水裡。

結果還是有種被排除在外的感覺。

尚哉對高槻的隱情幾乎一無所知，高槻也不太會主動提起。尚哉會知道高槻的過去，也是以前從佐佐倉那裡聽來的。

雖然尚哉知道了也無法改變什麼——但他們都已經這麼熟了，多透露一點也沒關係嘛。

話雖如此，也不能太過強硬地逼問。既然不想說，就表示這些事的嚴重性非同小可。畢竟事關高槻自己的心靈創傷。

可是總覺得——內心深處有種鬱悶感。

如同尚哉會在自己跟他人之間拉起線，高槻也會。尚哉卻沒辦法跨過那條線……他們明明是同伴啊。

「——喂，趁還沒暈倒之前出來吧。」

佐佐倉對下巴以下都泡在熱水裡的尚哉這麼說。

尚哉面向佐佐倉說：

「……佐佐倉先生，可以問你一個問題嗎？」

「什麼？」

「佐佐倉先生，你是不是很怕幽靈？」

這一瞬間，佐佐倉的左臉頰微微抽搐了一下。

「沒有啦，看到佐佐倉先生今天的反應，就在猜是不是這樣……哇噗！」

佐佐倉的大手冷不防地抓住尚哉的後腦勺，直接讓他沉到熱水裡。

看來他猜中了。

隔天。

做好回家的收拾，準備離開房間的時候，高槻說：

「——回去之前，我想繞去一個地方看看，可以嗎？」

他將昨晚看的觀光導覽手冊攤開來給兩人看。

高槻指著名為「見晴之丘」的地方。該處能俯瞰奧多摩湖，有可以繞行一到兩小時的散步步道。

「今天天氣也不錯，機會難得就去看看嘛。好嗎？」

反正今天的行程就只有返家而已，回家前稍微散散心的確也不錯。尚哉和佐佐倉都表示同意，於是就順從高槻的期望到見晴之丘走走。

可是——實際來到現場，尚哉才知道自己的想法太天真了。

與其說是散心，這已經算是簡單的山林健行了。他們來來回回走了數趟滿地碎石又陡峭的坡道，不斷往上爬。如果是櫻花或楓葉的季節，應該可以欣賞周遭的景致，不過現在畢竟是冬天，四周生長的樹木都十分荒涼，唯一能欣賞的只有往下能看見的奧多摩湖而已。

晴天從高處俯瞰湖面確實很美。昨天灰濛濛的湖面，今天變成不像淺藍又不像深藍的奇妙色調，在灑落的陽光下閃耀著淡淡的光芒。但尚哉的步幅寬度本來就跟走在前方的兩人不一樣，光是要跟上就非常辛苦了。尚哉知道自己已經漸漸無力欣賞景緻，只能一直盯著腳邊看。人只要進入疲勞狀態，視線就會往下跑。

不過，高槻為什麼要來這個地方呢？這個疑問忽然掠過尚哉的腦海。難道這裡跟昨天的鐘乳洞一樣，也是靈異景點嗎？可是並沒有那種不吉利的感覺。遊客之所以稀少，不是由於有幽靈出沒，只是因為季節不對吧。偶爾跟他們擦身而過的也不是觀光客，只有帶狗散步的人。

就在此時。

「——啊。」

高槻輕喊一聲，停下腳步。

尚哉循著他的視線望去，也忍不住瞪大眼睛。

前方不遠處的展望臺上有個小孩子。是愛菜。她今天穿著深藍色大衣和綠色裙子，身上斜背一個紅色小包。

尚哉心想愛菜怎麼會在這裡呢，但昨天真紀子說過「如果愛菜想出門就會出去」。這裡離愛菜家不算太遠，可能經常會過來玩。

不過仔細一看，發現愛菜手上拿著類似冊子的東西。愛菜用認真的眼神盯著攤開的冊子，放眼望向四周像是在確認什麼。之後她又用搖搖晃晃的步伐走向展望臺的圍欄，從該處往下看。

愛菜就這麼動也不動，於是高槻緩緩走向她。

「愛菜，妳在做什麼？」

聽見高槻的問話，愛菜嚇得渾身一震轉過頭來，還慌張地想將手上的小冊子塞進包包裡。這個反應比昨天在她家裡見到時更像人類一些。

冊子以上下顛倒的狀態被胡亂塞進包包，但因為冊子尺寸比包包大，有一半都露在外頭。看起來像是用一疊影印紙集結而成，封面上有「遠足指南」這行字。

「愛菜，這是學校遠足的時候發給妳的嗎？」

聽了高槻的問題，愛菜的視線有些迷茫地游移一會，才輕輕點頭。

「可以讓我看看嗎？」

愛菜的視線又四處飄移，但最後還是乖乖交給高槻。

高槻將邊角已經歪扭蜷曲的冊子小心地翻開，上面寫著遠足的集合時間及地點，還有目的地地圖跟注意事項。

高槻將冊子闔上，還給愛菜後說道：

「愛菜，你們遠足的時候果然有來這個『見晴之丘』吧。雖然也有其他健行路線，不過考量車禍地點和孩子的腳程範圍，就只剩這裡了。而且妳昨天畫的該不會就是這裡的景象吧？柵欄的形狀很相似。」

這句話讓尚哉再次瞪大雙眼。所以高槻才想來這裡看看嗎？

高槻在愛菜面前蹲下，與她視線同高，接著又說：

「愛菜，妳剛剛在看什麼？」

愛菜將目光移開，似乎不願多說，用兩隻小手緊緊地抓著斜背在身上的包包背帶。

「愛菜，我問妳。妳其實是——……」

高槻話還沒說完。

愛菜就突然往高槻身上一撞，直接逃也似地跑了出去。

佐佐倉將一屁股摔倒在地的高槻攙扶起來。

「沒事吧？」

「嗯。愛菜她……跑走了呢。希望她別摔倒。」

那個嬌小的身軀轉眼間就跑下斜坡了。

高槻沒打算繼續追趕愛菜，將沾上衣服的泥土拍一拍，就把視線移往愛菜剛才看的展望臺柵欄外側。尚哉和佐佐倉也有樣學樣。

柵欄外側有一條直直延伸的陡峭斜坡。雖然斜坡上的樹木稍微擋住了視線，還是可以俯瞰下方的奧多摩湖跟圍在湖邊的車道。他本來懷疑從這裡能不能看見車禍現場，但似乎不行。

這時高槻忽然將手放上柵欄，想要探出身子。

「彰良？你在幹嘛，很危險耶。」

「——健司。」

高槻專注地凝視著斜坡，喊了佐佐倉的名字。

「那個，你車上有繩子嗎？」

「繩子？記得後車廂有。」

「可以幫我拿過來嗎？」

「你要幹嘛？」

「不好意思——我現在真的很想下去那個斜坡，所以想要繩子。」

高槻用堅決不肯妥協的嗓音這麼說。

尚哉也將目光移向高槻凝視的地方，卻沒看見什麼，只有幾棵零星的樹木和枯草。

佐佐倉看著高槻的側臉，皺著眉頭說：

「彰良，你在想什麼？」

「哪有什麼，只是想釐清真相。」

「已經把委託人的要求查清楚了吧……你真的不要對這件事太投入。」

「少廢話，快把繩子給我。」

高槻一直往下盯著斜坡這麼說。

佐佐倉嘆了口氣並搖搖頭。

「……知道了，馬上拿過來，在這裡等著。還有，下去這件事交給我。」

三人再次來到愛菜家時，果然有幾個人在排隊。

但今天高槻沒打算乖乖排在隊伍最後方。他默默從隊伍人群旁邊穿過，毫不客氣地走進愛菜家裡，彷彿將平常的紳士風範拋諸腦後。尚哉對這個行為有些驚訝，還是跟佐佐倉一起跟在後頭。

剛才佐佐倉將車上拿來的繩子綁在柵欄上，照高槻的指示爬到展望臺下的斜坡，將卡在中途樹上的「某個東西」撿了回來。

一看到那個東西，高槻的臉色驟變。

接著，他就一臉固執地說：「我要再去一次愛菜家。」

高槻走進愛菜家的客廳後，正在和真紀子聊天的訪客滿臉驚訝地回過頭來。愛菜似乎已經回到家了，今天也乖乖坐在地毯上畫圖。

「你、你是怎樣啊！居然不照順序來，這樣我很困擾！」

「非常抱歉，今天的諮詢就到此結束，請回吧。麻煩也跟外面的人說一聲。」

高槻對開始吵嚷的訪客這麼說。

嘴上嚷嚷著「現在是什麼情況」的訪客本想跟高槻繼續爭辯，真紀子立刻上前安撫。

「真的很抱歉，今天就到此為止吧……麻煩您配合一下。」

「既然真紀子小姐開口，那就沒辦法了。但那個男人是什麼意思？是有什麼難解的問題嗎？」

訪客皺著一張臉問道，真紀子用客氣的笑容回答：

「不，這倒不是。可是這位先生似乎有點急事……跟人吵架的話，奇蹟和幸福都會逃走的。麻煩您了。」

真紀子低頭致歉後，訪客才滿臉不情願地站起來。他瞪了高槻一眼，但看到後方的佐佐倉宛如狂犬的凌厲目光，又頓時一臉驚恐，沒有對尚哉多看幾眼就離開了。

真紀子面有難色地看著高槻說：

「高槻老師，到底是怎麼了？居然這麼強硬地闖進來……你是大學老師，應該懂得禮儀分寸吧？」

「我為方才的失禮道歉。可是我的確有要緊的事……還有，不好意思，麻煩把這個移開。」

高槻指著今天也擺在落地窗前的鳥籠這麼說。真紀子狐疑地皺起眉頭，還是乖乖將鳥籠拿到隔壁房間。

鳥離開房間後，高槻嘆了一口氣。他像昨天一樣坐在沙發上，佐佐倉跟尚哉也坐在他的兩側。

從隔壁房間回來的真紀子像昨天一樣坐在愛菜身後，高槻便開口了。

「我就單刀直入地說吧。請別再做這些事了，妳應該趕快帶女兒去醫院。」

「……什麼？」

真紀子疑惑地歪著頭。愛菜似乎沒聽見高槻說的話，繼續用色鉛筆畫圖。

高槻繼續說道：

「令嫒應該是罹患了腦部障礙……愛菜現在看東西時，一定會上下顛倒吧？」

真紀子的肩膀忽然一震。

「剛才我在見晴之丘遇見愛菜了，當時她正在看『遠足指南』，而且是上下顛倒。」

高槻看向放在房間一角的雜誌架。

放在架上的雜誌和世界名作童話全集，乍看之下只是凌亂堆放，但仔細看就會發現，每本雜誌都是正面擺放，童話書都是反放的狀態。

「我之前聽說過有一種腦部機能障礙，就是出現視覺上下顛倒的症狀。令嫒應該就是這樣，所以筆下的畫才都是反過來的。」

高槻指向愛菜正在畫的圖，愛菜的手也停了下來。

愛菜正在畫的是上下顛倒的家，應該就是現在住的這個家吧。

「真紀子小姐，妳跟她住在一起，不可能沒發現這個現象。為什麼要擱置到現在？她應該立刻接受應有的治療。」

高槻用嚴厲的口吻這麼說。

真紀子忽然用不知所措的手將愛菜抱進懷裡，或許沒料到高槻要說的是這麼嚴重的話題。

「因、因為……那時候，沒有那麼多錢啊！而且除此之外，這孩子似乎也沒什麼大礙……那個，腦部機能障礙，應該是那場車禍被拋出車外撞到頭造成的吧！那已經持續好幾個月了！現在才接受治療還來得及嗎！」

「不，我認為不是外傷造成的，應該是心理因素。所以現在治療也來得及。」

高槻這麼說，將目光從真紀子移向愛菜。

在真紀子懷裡的愛菜一直抬頭盯著高槻看，高槻也與她正面對視。

「因為——妳當時應該沒有坐上那輛客運吧？」

並說出這句話。

——沒錯，這就是高槻得到的結論。

當時愛菜並不是運氣好，在客運翻覆時被拋出車外才得救。

而是從一開始就不在那輛客運上。

真紀子瞪大雙眼，低頭看向懷裡的愛菜。愛菜依舊用沒有半分色彩的眼眸抬頭看著高槻。

「接下來要說的都是我的想像，妳願意聽嗎？」

高槻的談話對象已經從真紀子轉移成愛菜。他繼續說道：

「遠足那一天，你們在見晴之丘自由活動後，就要搭客運回家了。可是妳沒搭上車。原因就是——妳的鞋子掉在展望臺柵欄外面了。」

說完，高槻就把原本塞在大衣口袋，用手帕包著的東西拿出來。

那是佐佐倉在見晴之丘的斜坡撿到的，卡在樹上的東西。

被長時間風吹雨淋，早已褪色的——紅色小童鞋。

愛菜在車禍後被發現時，一邊的鞋子已經不見了。

「之前有人收過妳的畫，那幅畫我也看過了，上面畫著一輛翻覆的客運，旁邊還站著一位小女孩。畫裡的小女孩一腳是紅的，一腳是白的，白色那一邊就是因為鞋子掉了吧……那個小女孩就是妳自己，愛菜。妳就是站在客運外面的小女孩。」

說不定在川上讓他看那幅畫的時候，高槻就已經發現這個可能性了。只是那個時間點還沒有確切證據。

在那個斜坡上發現愛菜的鞋子時，高槻就知道自己的想法沒有錯。

「那個展望臺的斜坡，孩子是下不去的。儘管如此，妳可能還是想把鞋子撿回來，卻因此錯過回家的時間。其他孩子把妳留在原地，很快就回到客運上——只有妳被留下來了。而且客運也丟下妳直接開走。班導在確認時的確有缺失——但或許其他孩子也是故意的吧。」

這只是高槻的想像，不過恐怕就是事實。

愛菜一直哭哭啼啼地看著卡在柵欄外側下方樹上的自己的鞋子，同學卻冷眼旁觀。

或者愛菜的鞋子是被那群孩子故意丟下去的。之前在打聽消息時，也聽說過愛菜在班上似乎遭受霸凌。

不管再怎麼從柵欄探出身體，都不可能撿到那隻鞋子，可是那隻鞋絕對不能弄丟。當時愛菜家境貧苦，有證言指出她總是穿同一套衣服。愛菜不知道家裡有沒有錢買新鞋子。

不久後，遠處傳來集合的聲音，儘管如此愛菜沒有放棄那隻鞋。隨著時間經過，她發現周遭已經空無一人，一個人也沒有，全都丟下她離開了。於是她急忙跑下步道前往停車場，發現客運正準備駛離。班導在客運上問「各位同學，班上的同學都到齊了嗎？」，壞心的同學便高聲回答「對～大家都到齊了～」。愛菜的包包還被壞心的同學拿走，只有愛菜一個人沒坐上客運。

於是客運就這麼開走了。

好不容易從散步步道跑下停車場後，愛菜拚命往客運跑去，還揮舞雙手試圖吸引注意，可是沒人發現。愛菜當場摔倒擦破了膝蓋，客運卻還是頭也不回地開走。

愛菜哭著站起身，拖著疼痛的腳繼續追趕客運。客運在彎彎曲曲的馬路上不斷消失蹤影，愛菜卯足全力加快腳步。

「妳一直在追趕客運。只要努力去找，或許能找到有看到妳沿著護欄在車道上拚命奔跑的人。而妳追著追著——就看到了吧。客運發生車禍，整臺翻覆後滾落懸崖的畫面。」

那一幕應該深深烙印在愛菜眼裡。在好幾個彎道的另一頭整臺翻覆滾落懸崖的客運，還有車裡變得頭下腳上的同學們。

所以從此以後，愛菜的世界就變成上下顛倒了。

高槻說話期間，原本面無表情的愛菜眼中開始浮現淚光。第一滴淚滑落臉頰的那一刻，就是愛菜的極限，原本像娃娃一樣的臉扭曲變形，漲得通紅。眼淚毫無止息地從雪白的臉頰不斷滑落。不久後愛菜發出微弱的聲音，抽抽搭搭地哭了起來。

「愛菜……」

愛菜這個反應，就是高槻推測正確的證據。

真紀子將不斷哭泣的愛菜抱進懷裡。愛菜抓著真紀子，這次終於「哇啊」地放聲大哭起來。

但看著真紀子輕撫愛菜的後背，高槻用冷漠的嗓音說：

「——真紀子小姐，妳其實早就發現了吧。愛菜有可能沒坐上客運。」

真紀子的肩膀又再度一震。

「妳說車禍當時沒有錢讓愛菜接受治療吧，這應該是事實。但妳是一個母親，如果女兒真的撞到頭引發腦部障礙，應該會想盡辦法帶她去治療。之所以沒這麼做——是不是覺得愛菜沒有撞到頭？」

真紀子的表情變了，跟一開始聽到高槻指出愛菜的症狀，還有將哭泣的愛菜抱進懷裡的時候都不一樣。她的眼中浮現出些許卑微。

「……是啊，我有稍微這麼想過。雖然只是可能性……但這種讓人鬱悶的可能性，我根本不願想像。」

真紀子用低沉的嗓音說：

「在醫院檢查時，醫生說愛菜腦部沒有異常，也沒有外傷……可是愛菜的樣子真的很奇怪。車禍剛發生不久，這孩子還會說幾句話，但當問到車禍當時的細節，就忽然不再開口了。我只問過一次『鞋子是不是車禍當下掉的？』……那孩子當時就低頭往下看。這是她說謊的習慣動作。」

「那為什麼……」

「——那你要我接受這孩子遭到霸凌的事實嗎！」

真紀子忽然語氣激昂地這麼說。

她緊緊抱著愛菜，齜牙咧嘴的模樣像是在恫嚇一般。

「我們是單親家庭，家境又清苦，我知道其他孩子會為了這個理由欺負她。我也很想幫愛菜買新衣服！幫她買可愛的筆記本和筆！就像其他孩子一樣……可是真的沒有錢……這孩子的室內鞋都被別的孩子亂塗鴉了，她還是繼續穿，從來沒有告訴我。其實她本來說不想去遠足，我卻讓她去了，因為那天要打零工……與其讓愛菜留在家裡，去學校我會比較輕鬆！」

真紀子像是在咆哮般放聲大吼，在懷中的愛菜也繃緊身子。

「欺負這孩子的人全都死了，只是罪有應得而已，是他們自作自受！這孩子平安生還的事實本身很珍貴吧？這一定是神明的指引，其他人也都這麼說。她是奇蹟之子，不是因為被霸凌才碰巧生還，而是神明在保護她！」

「那只是妳個人的想法而已！」

高槻用不輸給真紀子的激動口氣大吼道。

這聲怒吼，讓真紀子的表情緊繃起來。

高槻從正面狠狠地瞪著她，繼續神情激動地說：

「妳該做的不是將這孩子奉為奇蹟之子！而是以母親的身分好好保護她，讓她接受治療，過上健全的生活才對！可是為什麼……為什麼要做這種荒唐的事！」

「奧多摩的奇蹟少女」——真紀子以少女母親的立場，接待來訪的每一個人，收下各式各樣的伴手禮，將女兒當成活神仙一樣供奉崇拜。

雖然不像宗教那樣具有正式的規模，但確實帶來了無比狂熱的信仰。沒錯，簡直跟過去的流行神一模一樣。

「……不對。不是我先開始的，是其他人。」

真紀子口中吐露出這句話。

與此同時，眼淚也從雙眼滾滾而下，彷彿淚腺壞掉似的。

「在醫院遇到的某個老太太，看到這孩子就說『她是那場車禍中唯一的生還者吧，一定有神明保佑，快讓我拜一拜』。其他人看見也紛紛聚過來，對這孩子恭敬膜拜，嘴裡說著『感謝神蹟、感謝神蹟』……起初我還不太清楚，可是後來這種人越來越多……之後甚至還跑到家裡來，還帶了食物跟現金給我們……」

流行神就是某天忽然被某人創造出來的。

——此為神靈，祭拜此神者，可得財富與長壽。

這些人沒有惡意，只是想尋求神明庇佑而已。

人類無時無刻都在渴求神明。

只要拚命祈求就能滿足，呼之則來揮之即去的那種神明。

「一開始我有點不好意思，可是漸漸地變得越來越快樂。畢竟在過去這些日子裡，沒有人肯看我們母女一眼，如今卻被眾人如此仰慕。有人還面帶慈悲地將裝有鉅款的包裹交給我，說要『補貼我們的生活』。看到這些……我就覺得愛菜果然是奇蹟之子，為我們的生活帶來了幸福。因為不必再出門賺錢，我可以一直陪在她身邊。這個時候，有個訪客說他在奧多摩有棟空房，建議我們搬過去住，還說奧多摩這片土地跟這孩子有很深的緣分，或許可以提升她的靈力……只要可以搬家，不管是哪裡都好。我一直很討厭那棟又舊又小的公寓，不過地點卻在奧多摩！偏偏還是離車禍現場這麼近的地方！——可是，我當時覺得或許這樣也好。住在這個地方，往下就能看到欺負這孩子遭受報應的那些人，就能讓過去瞧不起我們的人，看看我們現在過的是什麼生活。我想讓那群死去的孩子……看看愛菜被奉為『奇蹟少女』受盡尊崇的樣子！看啊，她現在的地位跟神明沒兩樣！」

真紀子將愛菜緊擁入懷，用含著眼淚的扭曲笑容大吼著。

但高槻搖搖頭說：

「妳做這些事，讓這孩子的謊言成真……所以愛菜才無法開口說話。」

「什麼……？」

真紀子的表情僵住了。

高槻用平穩的嗓音繼續說道：

「妳應該從愛菜口中問出事實，讓她說出沒有搭上客運的事。我猜愛菜應該很想說出來吧，但妳卻把愛菜尊奉為『奇蹟少女』。所以愛菜才會把話硬吞回去——吞下去的這些話哽在愛菜喉間，也奪走了其他話語。」

「咦……」

真紀子低頭看向懷裡的愛菜。

原本僵硬的表情，緩緩出現了裂痕。

「是我、害的……？是我讓愛菜說不出話？怎麼……怎麼會……」

這一次，真紀子的表情終於變成悲苦的哭臉。不停抽動的嘴唇往左右兩邊延伸，緊閉成八字形，唇間還發出微弱的哭泣聲。真紀子整張臉變得越來越皺，用跟女兒一模一樣的哭臉，開始啜泣起來。

真紀子——始終不願意面對真相吧。

愛菜沒有搭上客運的可能性。只要把愛菜的包包還在車上跟鞋子少一隻兩件事聯想在一起，真紀子應該馬上就猜到真相了。可是她不願相信真相，才將周遭沒有惡意的那些人說的話信以為真。結果根本沒想到這麼做封閉了愛菜的心，還讓曾經浮現腦海的真相化為烏有。

愛菜抬起頭來。自己明明也在哭，卻還是抬頭看著落淚的母親。隨後，愛菜狠狠地瞪著高槻，掙脫真紀子的懷抱，直接衝到隔壁房間。

下一秒，愛菜馬上跑了回來。

手上還抱著鳥籠。

高槻忽然全身緊繃。愛菜滿臉通紅地將鳥籠高高舉起，讓高槻看籠中的文鳥，就像把十字架擺在吸血鬼面前那樣。

「少囉嗦，閉嘴，大笨蛋！」

愛菜大聲喊道。

文鳥在鳥籠中不斷拍動翅膀，高槻開始微微喘氣，身體也不穩搖晃。

「媽媽沒有錯！媽媽沒有錯！我有搭上客運！那時候搭上客運了！我在車上，只是得救了！」

愛菜用尖銳的聲音大吼大叫。可悲的是，她的聲音已經扭曲變形了。

她又把鳥籠往前推，文鳥繼續在籠子裡拍動翅膀，發出「啪沙啪沙」的聲音。雖然振翅聲讓高槻的表情痛苦扭曲，他還是腳步踉蹌地從沙發上起身。佐佐倉本想上前制止，高槻卻揮開他的手，在愛菜面前雙膝一跪。

高槻隔著鳥籠注視著愛菜說：

「……愛菜，妳在說謊。謊言不會永遠有效，妳的『奇蹟少女』傳說也會漸漸式微。現在這種生活，不可能持續一輩子。」

「少囉嗦少囉嗦！閉嘴！你才是大騙子！」

「愛菜，我能……理解妳的心情。妳為什麼會配合媽媽起頭的這件事？是因為……這樣就能跟媽媽永遠在一起了吧？」

愛菜緊緊咬住下唇，眼淚又再次撲簌簌地滾落臉頰。

高槻喘到肩膀上下起伏，卻還是拚命地繼續說道：

「只要妳成為『奇蹟少女』，媽媽就不必出外工作，可以一直待在妳身邊。這對妳來說是一件好事吧……可是啊，愛菜，妳並不是『奇蹟少女』。」

「……！」

愛菜的肩膀用力地抖了一下。抱在懷裡的鳥籠中，文鳥又更激動地拍著翅膀。

高槻神色痛苦地將一隻手壓在頭上，將另一隻手伸向愛菜。

「妳是人類，只是個平凡的小女孩，跟其他人沒有分別，不是『奇蹟少女』……妳不能妄想變成神明，絕對不行。」

「要你管！你給我滾一邊去！不准欺負媽媽，大笨蛋！」

愛菜又大聲嚷嚷起來。

真紀子從愛菜身後將她擁入懷裡。

「愛菜，夠了！」

愛菜的身體頓時緊繃起來。

真紀子抱著鳥籠和愛菜，用叮囑的語氣說：

「對不起，愛菜……已經夠了，到此為止吧……我們，不要繼續撒謊了。說謊不是好事，是媽媽錯了，媽媽錯了，對不起……」

真紀子嘴裡不斷說著「對不起」，在她懷中的愛菜也發出微弱的哭泣聲。

隨後，愛菜將鳥籠放在地上，抱緊真紀子哇哇大哭起來。真紀子也用力抱緊愛菜，用相同的表情嚎啕大哭。

被放在地上的鳥籠中，傳來文鳥的振翅聲與鳴叫聲。

高槻在兩人面前緩緩站起來。

但下一秒就雙腿癱軟。

「喂！」

佐佐倉急忙起身並伸出手，高槻的身體像人偶般倒進他的臂彎裡。

尚哉茫然地看著早已失去意識的高槻，以及從他白皙臉頰滑過的那道淚痕。

尚哉第一次看到高槻那樣大吼。

也是第一次看到高槻像這樣流下眼淚。

——在那之後又過了幾天，尚哉被叫到高槻的研究室。

看到尚哉走進研究室後，高槻露出有些虛弱的微笑。

「……前陣子居然讓你看到那麼難堪的樣子。」

那一天。

從奧多摩返程的車上，高槻最後還是沒有醒來。尚哉在新宿下車，看著佐佐倉開車將高槻送回去。

高槻像平常那樣為尚哉倒了杯咖啡，繼續說道：

「我昨天跟川上先生報告過了，說她們不是宗教。川上先生也說『父母已經開始去參拜其他神社，應該沒問題了』。這次好像是京都的神社吧？畢竟不是來路不明的神社，應該不必擔心。」

「……流行神真的很快就會過氣呢。」

「是啊。只要其他地方出現更靈驗的神，人們就會跑到那裡去。只要具備符合個人喜好的神蹟和吉運，這樣就夠了。」

不知道真紀子和愛菜最後怎麼樣了。高槻一昏倒，尚哉他們就離開了那個家。或許已經撤下「奇蹟少女」的招牌，兩人過上與世無爭的生活。尚哉如此期盼。

「……原來老師也會像那樣狠狠教訓別人啊。」

尚哉嘀咕了一句。

在尚哉的認知中，高槻的舉止一直都很溫和，從沒見過他用那種口氣凶狠地糾正他人。

不對——處理這起事件時，高槻從一開始就不太對勁。

平常應該不會對這種事感興趣，他卻莫名執著，又完全不像充滿好奇的樣子。

在愛菜家的時候，能看出高槻始終都是精神緊繃的狀態。尚哉原以為是因為那個家裡有鳥。

可是——恐怕不只如此。

感覺還有其他原因。

這起事件中，應該有某種將高槻的心逼入絕境的因素。所以連原本說沒問題的區一隻文鳥，都能把他嚇到昏厥。

高槻拿著托盤回來，將狗狗圖案的馬克杯放在尚哉面前。他在尚哉的座椅旁邊坐下，將自己的藍色馬克杯拿過來。咖啡和熱可可。會在這裡出現的飲品還是這兩種。

但高槻只是把杯子拿到面前，沒打算喝。

「真紀子小姐，跟我母親一模一樣。」

他這麼說。

尚哉嚇得瞪大雙眼。

高槻看著在杯中緩緩融化的棉花糖，繼續說道：

「我失蹤以後，在京都鞍馬附近被人發現。說起鞍馬，最有名的就是天狗了吧。我背上還有彷彿翅膀被切去的傷痕，而天狗就有一對翅膀——最先說出這種話的，是母親的堂姐。她說『彰良是被天狗綁架，還變成了天狗。但發生某些事，才被丟回地上，翅膀也被切掉了』……聽起來很愚蠢吧，母親卻信以為真。」

聽說高槻的母親當時精神狀況非常衰弱。

寶貝兒子消失整整一個月，沒有任何線索，發了瘋地到處尋找也找不到人。好不容易找到了兒子，背上卻留下無法抹滅的傷痕——而且眼睛的顏色跟言行舉止都跟以前截然不同。害怕禽鳥，發揮異於常人的記憶力，眼睛偶爾還會變成藍色。

由於對空白的那一個月完全沒有線索，警方也只能舉手投降，搜查作業也告一段落。高槻的家人沒有得到任何情報。

可是母親太想知道了。兒子消失的那段期間，到底發生什麼事？

由於對未知的謎團感到恐懼，不安到無以復加。

就算這種說法太過玄幻——也想找個理由和解釋，填補兒子消失的那段空白。

於是有人丟出天狗這種說法後，她就義無反顧地撲了上去。

「我能理解母親的心情。因為如果不是天狗的話，綁架我的就是人類。最後犯人甚至將我的皮膚剝下來丟掉，在這種犯人身邊待了一個月的我，究竟遭到什麼樣的待遇……父母親應該不敢想像吧。」

高槻用平淡的語氣這麼說，嘴唇微微歪了一下。

「母親把我當成活神仙供奉。從天狗世界遣返的孩子，『天狗之子』——母親總是這樣稱呼我。不僅如此，她還想將這種想法傳達給周遭的人。母親是大企業社長的女兒，丈夫總有一天會繼承社長之位，所以她也經常在外應酬交際。公司高層與客戶的太太們——每天都會在沙龍裡喝茶拓展社交，而母親就想在那裡推廣『天狗之子』的信仰。」

高槻的母親之所以做這種事，或許是想增加與自己懷抱同樣妄想的人。可能覺得只要有夠多人相信這件事，就會變成事實。

於是，「天狗之子」的信仰迅速在太太的社交圈中蔓延開來。就像「奧多摩的奇蹟少女」——就像流行神一樣。

「但我也有錯，因為一開始我也會配合母親。傾聽諮詢者說的話，解決他們的煩惱，給點建議，幫忙找出遺失的物品。其實這些只是動腦思考想出的答案，卻故意裝出有千里眼，佯裝是具備神性的尊貴存在。」

「……為什麼要這麼做？」

「因為母親很開心。」

說完，高槻用雙手捧著馬克杯。

沒有半分色彩的面容，跟愛菜在那個家裡的表情有些神似。

「我想聽她說『你好棒喔，彰良』……就只是這樣而已。」

熱可可的香氣逐漸瀰漫開來。高槻低頭看著熱可可的杯子，只是嗅聞那股香氣。

「我父親就算現在，還會將跟我有關的週刊雜誌報導一個不漏全擋下來，也是這個原因。當時的『天狗之子』，只是以父親公司為中心的狹小交際圈內流行的信仰。只要他要求不准張揚，就不會流傳出去了吧。儘管如此，父親現在還是很擔心，覺得這種類似新興宗教的事情，是不可外揚的家醜。」

所以飯沼寫的報導才會落入高槻父親的監視網，轉眼間就被消滅了吧。

「……可是，看到母親瘋狂地想把『天狗之子』向外推廣，我開始害怕起來。我親口跟母親說『我不是神，別再做這種事了』，還說『我不想再聽從妳的擺布做事了』。」

然而——高槻的母親無法接受事實。

她的精神狀況已經十分衰弱。

所以她認為高槻這些話是在否定自己。

被兒子拒絕的她，也走上抗拒兒子的那條路。

如果是親生兒子，絕對不會對自己說這種話。

那個溫柔的孩子，不可能會拒絕自己。

所以，這孩子是冒牌貨。

她產生了這種想法。

「我被親生母親逼問『你到底是誰』。」

——你到底是誰？

——把我的兒子還給我。

——你是冒牌貨，其實我兒子在別的地方。

她在半瘋狂狀態下不斷重複這些話——最後乾脆無視近在眼前的高槻。

「……不對，跟『無視』不太一樣。我的存在在她眼裡慢慢消失了。」

「慢慢消失……？」

「沒錯，她漸漸不認得我。就算站在面前，她也當我不存在。跟她說話時，她聽不見我的聲音，觸碰了也毫無反應——我在母親面前變成了透明人。」

父親實在看不下去，才把高槻送到海外的親戚家裡。但在那之後，高槻母親依舊沒有恢復正常。

所以她的兒子至今仍下落不明。

這個世界上只剩下那個冒牌貨兒子。

高槻看著在馬克杯中慢慢冷卻的熱可可，繼續說道：

「可是……這也不能怪我吧？我真的太害怕了。母親把我當成神明、當成天狗，但天狗並不是神，而是長了翅膀的怪物。我越來越搞不清楚，現在在這裡的自己到底是人、是神，還是怪物……後來，就經常做惡夢。」

之前高槻說過，漆黑翅膀從裂開的背上長出來的夢。

他會夢到自己變成非人類的異形怪物。

「我認為父親當時將我送到遠方親戚家的判斷是正確的。繼續留在那個人身邊，天曉得我會發生什麼事。那個親戚雖然有點奇怪，卻是個善良的好人。」

「……跟老師的個性很像嗎？」

「啊哈哈，可能是喔。」

高槻終於露出了開朗的笑容。

他將一直捧在手上的馬克杯端起來，喝一口熱可可並輕輕嘆了口氣，心情彷彿被這股甜味舒緩不少。

「儘管如此，我還是覺得自己很幸運。就算跟父母關係疏遠，我身邊還有那位親戚，還有阿健——這些人讓我變成了人類。所以啊，深町同學，你也得找到這種人才行。」

「咦？」

話題忽然回到自己身上，尚哉驚訝地眨眨眼睛看向高槻。

高槻用溫柔的焦褐色眼眸注視著尚哉說：

「看著你，有時候會讓我有點不安，好像在看以前的自己。」

「……什麼意思啊。」

這表示以前的高槻跟現在的尚哉很像嗎？

啊啊，但之前尚哉感冒的時候，高槻還特地跑到尚哉家裡。因為他知道尚哉不會主動依賴別人吧。

過去的高槻或許也是如此。

「之前也說過吧，我們走在現實與異界的境界線上。若稍有差池，說不定就會掉到那個世界去，這樣一來，我們恐怕就再也變不回人類了。為了防止這種意外，我們一定要盡可能在這個世界抱有留戀才行。」

「留戀什麼啊，又不是幽靈。」

「道理是一樣的。這足以讓亡者留在這個世界上啊。」

高槻這麼說。

「啊啊，用『留戀』這種說法不太好。嗯，簡而言之，就是要你發掘更多喜愛的事物。喜愛的、快樂的，覺得寶貴的某些東西，我們應該要找到越多越好。這些事物可以讓我們維繫在這個世界裡……哪怕做了惡夢，都可以平安度過。」

「……啊啊，老師老是要我去結交朋友、製造回憶，就是這個原因嗎？」

聽尚哉這麼說，高槻笑著點點頭。

「夏天的烤肉活動，你覺得滿好玩的吧？還跟瑠衣子同學和阿健去了谷中。還有之前的鐘乳洞！那次也滿有趣的吧？你看，還拍了照片。」

「啊啊，那張微妙的照片嗎？」

「不要用『微妙』這兩個字！這可是珍貴的回憶！」

就算高槻這麼說，尚哉還是覺得那張照片真的很微妙。

高槻像是要重整態勢般輕咳幾聲，接著說道：

「吶，深町同學。你的這份能力，應該會讓你在這個世界活得非常辛苦。畢竟這種力量會讓你變得孤苦無依。可是你不能真的孑然一身，不能完全背離這個世界。因為你不是一個人。」

「……現在才說這些話已經晚了。」

「沒這回事。至少還有我在啊。」

高槻微微一笑。

「我說過，我不會放開你的手吧？——別擔心，我絕對不會讓你孤零零一個人。」

尚哉回望高槻的笑容——不禁深深嘆了一口氣。

「……所以你為什麼要說這種毫無保證的話啊……」

「等一下！深町同學，你怎麼一臉不情願的樣子啊！我剛才說的話應該超感人的耶！」

高槻露出十分意外的表情，用力拍打桌面。

尚哉拿起手邊的馬克杯，讓已經冷掉的咖啡滑入喉嚨深處。

雖然說了這種毫無擔保的話，但尚哉知道高槻剛才那些話沒有半分虛假。高槻是真的在替他著想吧。

可是尚哉最近發現，就算高槻沒有說謊，也不能完全信任他。這個人其實是個狡猾的大人，不會撒謊卻會故意不說實話。也知道他平常表現得親切和善，本質上卻跟尚哉一樣，會在自己周圍拉起線，不讓外人窺視內心。

……可是，沒想到不肯透露關鍵訊息的這個人，今天卻毫不在意地對自己的身世侃侃而談。

難道這表示，高槻願意讓尚哉進入他周遭拉起的那條線之中嗎？

思及此，尚哉不禁有些雀躍。

當然，這只是尚哉個人的解釋。

可是——尚哉對高槻卸下心防的程度，讓他期望事實真如自己所想。

為了不讓外人入侵，尚哉和高槻都在自己周遭拉起線。

就算那條線永遠不會消失——或許至少可以讓兩條線產生交集。

也為了並肩走在現實與異界的境界線上時，彼此都能朝著光線照射的方向走去。

高槻用鬧脾氣的狗狗臉盯著尚哉好一會，又離開座位走向書櫃。

他蹲在地上，在書櫃下方堆放紙箱的置物區翻找起來。

「老師，你在幹嘛？」

「呃，我覺得肚子有點餓。記得這邊應該還有唯同學囤的零食——看吧，果然有，巧克力跟起司米菓。深町同學，起司米菓就給你吧，這個不甜。」

「……可以隨便吃掉她的零食嗎？」

「沒關係，之後我會再買回來補齊。」

說完，高槻就將手伸回零食袋。放了很多小包裝的四角形巧克力大袋子已經被開過了，所以有用夾子夾著，但起司米菓的袋子還未開封。尚哉心想真的可以吃嗎，還是收下了那一袋米菓。

高槻已經完全恢復正常，用幸福洋溢的表情吃著巧克力。尚哉用側眼瞄了高槻一眼，不禁心想，還是無法想像這個人以前居然跟自己一樣。

在尚哉的認知中，平常高槻的態度總是開朗樂觀——不過這或許是高槻積極尋找快樂與喜愛事物的結果。

那自己以後也會變得像高槻一樣嗎？

尚哉頓時發動想像力，隨即在心裡搖頭否認絕對不可能。他實在無法想像自己露出那種黏人大型犬的笑容。

可是在尚哉心中，也覺得多多發掘高槻口中的「留戀」，似乎不是一件壞事。

……其實在那個鐘乳洞拍的照片，至今還留在尚哉的手機裡。

——《副教授高槻彰良的推測2　怪異居於縫隙之中》完

参考文献

『学校の怪談　口承文芸の研究Ⅰ』常光徹（角川ソフィア文庫）
『狐狗狸さんの秘密　君にも心霊能力を開発できる』中岡俊哉（二見書房）
『今昔物語集　本朝部　下』池上洵一編（岩波文庫）
『日本書紀（四）』坂本太郎・家永三郎・井上光貞・大野晋校注（岩波文庫）
『妖怪談義』柳田國男（講談社学術文庫）
『幽霊　近世都市が生み出した化物』高岡弘幸（吉川弘文館）
『江戸のはやり神』宮田登（ちくま学芸文庫）
『日本現代怪異事典』朝里樹（笠間書院）

高寶書版集團
gobooks.com.tw

LN011
副教授高槻彰良的推測 2　怪異居於縫隙之中
准教授・高槻彰良の推察 2　怪異は狭間に宿る

作　　者　澤村御影
繪　　者　鈴木次郎
譯　　者　林孟潔
編　　輯　薛怡冠
美術編輯　陳思羽
版　　權　張莎凌
企　　劃　李欣霓
排　　版　彭立瑋

發 行 人　朱凱蕾
出　　版　三日月書版股份有限公司
　　　　　Mikazuki Publishing Co., Ltd. / Printed in Taiwan
地　　址　臺北市內湖區洲子街 88 號 3 樓
網　　址　www.gobooks.com.tw
電　　話　(02) 27992788
電　　郵　readers@gobooks.com.tw（讀者服務部）
傳　　真　出版部　(02) 27990909　行銷部 (02) 27993088
郵政劃撥　19394552
戶　　名　三日月書版股份有限公司
發　　行　英屬維京群島商高寶國際有限公司臺灣分公司
初版日期　2023 年 4 月

國家圖書館出版品預行編目 (CIP) 資料

副教授高槻彰良的推測 . 2, 怪異居於縫隙之中 / 澤村御影著 ; 林孟潔譯 . -- 初版 . -- 臺北市 : 三日月書版股份有限公司出版 : 英屬維京群島商高寶國際有限公司台灣分公司發行 , 2023.04
　面 ;　公分 . --

譯自 : 准教授・高槻彰良の推察 2　怪異は狭間に宿る

ISBN 978-626-7152-38-6(第 2 冊 : 平裝)

861.57　　111015966

三日月書版

三日月書版

GOBOOKS & SITAK GROUP©

GOBOOKS & SITAK GROUP©